雨娃

陈亦新 著

台海出版社

有些土地,虽然贫瘠,

却生长着倔强的幼苗,

一点点的雨露与春风,

便能使它拔起为巨树。

一如这土地上的孩子,

充满着生命力的希望。

尽管,

他稚嫩纯真的双眼,

总是映入贫穷、孤独、弱小的迷蒙,

甚至还有那死亡的阴影。

但他的眼中,

有永不消退的底色,

是一片明亮的向往之光。

序：选择与梦想

雪漠

01

年一过，岭南的春天就来了，比北方来得早，来得快。像我这样的无心人，也感受到了春的召唤。这里，春意盎然，欣然一片，充满了生机和活力。

而这时的西北，仍是冰天雪地，一片肃杀，如《雨娃》里的冬天一样，阴沉、寒冷，看不到一点春的讯息。

《雨娃》是陈亦新写的中篇小说，本该一起收录进《暮色里的旧时光》，后来编辑们非常看好，就在出版之前将它拿了下来，准备单独出版。这次出版，编辑邀我写篇序，本想推辞，让别人写去，但最终还是答应了。为什么呢？面对西部的"雨娃"们，我想说说话。

故事中，雨娃的遭遇和命运，刺痛了我的心，久挥不去。

在西部农村，在我的老家，有太多太多的"雨娃"，他们都是过去小时候的我，也是小时候的陈亦新。

我常说，选择决定命运。有什么样的选择，就有什么样的命运。在陈亦新很小的时候，我就首先教他明白人生选择的重要性，告诉他行为和结果之间的关系，要他为自己的选择负责。包括高二那年，他选择写小说，选择退学，我仍然支持他，尊重他的选择。所以，从小到大，我尊重他的所有选择，从不干涉，我只做好我该做的，做最好的自己，其他的，由他自己选择。

02

在《雨娃》里，我们可以看到，进城打工的父亲，每次回家时都会给雨娃带一些童话书，像《小红帽》《穿靴子的猫》之类的，这也是雨娃最高兴的事情，他喜欢读书，喜欢学习。虽然父亲识字不多，文化不高，但他对孩子却寄托了很大的期望。

当年的我，也是这样。父亲知道我喜欢读书，总是想尽一切办法为我找书。他每次赶着马车进城卖蒜薹的时候，都会给我捎回来一些小人书、连环画，这是我童年中最开心的时刻。我在《一个人的西部》中曾写道："对于父亲到处为我找书的事,我终生感恩。后来我有能力买书后,我都尽可能地买书,宁愿饿肚子,也要买书。我买书,不仅仅是为我自己,也是为了陈亦新。我一直记得写在家乡墙上的标语:'再穷不能穷教育,再苦不能苦孩子。'所以,即使在我穷到买不起菜时,我家的书仍然很多。其中,我给孩子买的书,也是当时在凉州能买到的最好的书。我不仅仅要给孩子生命,更要给他一个向上的灵魂。在我的心中,书是另一种意义上的传家宝。"

我记得,大概陈亦新三四岁的时候,我刚从乡下调到武威教委,虽然进了城但没有住房,住在一间办公室里,生活非常艰苦。那时候鲁新云与陈亦新还在乡下,每周末我就骑上两三个小时的自行车回家,住上一晚上。在《雨娃》中,雨娃满心期待父亲出现的那个情节,那种复杂的心理活动,看了令人心痛,这让我明白了陈亦新那时候的心情。

在他很小的时候,他的妈妈就给他讲童话故事。每次回家,我都会给他带些童话书,让他早早地接触书,养成爱书的习惯。长大后,我就教他读书,经常给他讲托尔斯泰、陀思妥耶夫斯基、海明威、莎士比亚的故事。他小小的时候,就和这些大师们"生活"在一起,在文学世界里遨游。

从小到大,我对陈亦新的教育,一直都以自由为主。为了让他有读书的时间,我还会打电话给学校,叫老师不要给他布置家庭作业。有了我的支持,他就有了跟别的孩子不一样的学生时代。其中最大的不同，就是他有一颗自由的心灵，也有开阔的眼界和胸怀。

其实，对陈亦新影响最大的，是我和他妈妈的生活方式、思维方式、相处方式，以及他出生后就开始接触的优秀文化。所以，他很大气宽容，心里没有那么多乱七八糟的东西。他始终在追求更大的人生格局，而不是物质享受。最重要的是，他懂得如何去爱别人，也懂得如何去珍惜。他也知道，自己做的很多事情，都是在完善自己，是在实现自己的价值，提升自己的人生境界，他不那么功利，也没有要求过回报，所以，很多人都说，跟他在一起非常舒服，也很快乐。

03

陈亦新很小的时候，就有了自己的"作家梦"，而且想当大作家。我和他不同的是，我是经历了多年漫长的练笔之后才"顿悟"的，而他是"一夜之间"会写文章的。

我记得，在他小学三四年级的时候，有一天我发现他的作文写得很糟糕，根本不成调，就对他说，"儿子，来，我们一起写作文吧"。那时候正是北方的深秋，天已经很冷了。于是，我就出了个题目叫《火》。我就给他讲，在一片大森林里面，出现了一个萤火虫，萤火虫就那样一闪一闪，在黑暗的夜里幽幽发光，然后慢慢地变大变大，变成了一个小火苗，然后小火苗点燃了一根树枝，然后树枝点燃整个森林，通天通地，漫天大火……

讲到这，忽然之间，陈亦新就有了一种身临其境的感觉，感觉自己就变成了那熊熊燃烧的大火。这时他浑身发热，额头上也有了丝丝汗珠，他对我说："爸，你不要说了，我好热。"于是，他就一气呵成写了一篇关于火的文章，一写就成功了。这就是"以心传心"。从此之后，陈亦新就会写文章了，而且写得很好，他尝到了写作的乐趣。

当然，这也仅仅是入门之法，要成为真正的作家，成为真正的大师，就必须有严格的训练，还有大量的阅读。

特殊的生存环境，特殊的家庭教育，让陈亦新很早的时候，就开始思考一些终极问题。所以，在他的小说中，对死亡的认识，对人生的叩问，对生命的求索，都是他写作的主调。虽然读起来略感沉重些，但也正因为这份沉重，让他的作品有了另一种气象，显示出一种"大"来。

像《雨娃》，仅仅数万字，写到了两次重要的死亡。陈亦新在幼儿园的时候，就经历了他二叔——我二弟陈开禄——的死亡，这是他对死亡的第一次印象。小说中，雨娃对父亲的死亡的所有感受，就源于陈亦新小时候的亲身体验。这对他来说是刻骨铭心的，这对他的成长来说，是有很大帮助的。我说过，一个作家如果不思考死亡，就不可能成熟；不能窥破虚幻，也就不可能放下一些执着。

十六岁时，陈亦新开始写长篇，关于人类追求永恒的故事。他一直在写，一直在写，随着自己的成长，随着认知的提高，他对写成的东西不再满意，就重写，一遍一遍地重写。他也不着急，每天就是那样写着，也不急于发表。至今，过去十多年了，问及什么时候能完稿，他总是笑着说，不急，不急。他和我一样，我们都在享受写作，享受灵魂流淌的那种快乐。

对文学，他也像我一样痴迷。他这辈子最大的梦想，是当一个作家。他不仅仅想当一个畅销书作家，还想当一个非常优秀的作家。所以，身边的孩子都在玩游戏时，他在读书；身边的孩子在过平凡生活时，他在读书；身边的孩子在攀比时，他仍然在读书。所以，读书与写作，是他每日的功课，更是他的一种生活方式。

现在，我身边有很多的文化志愿者，跟着我一起学习、做事，为了让他们尽快地成长起来，我在他们身上花费的时间、精力会更多一些。有人说，陈亦新非常了不起，他跟很多人共用了一个父亲，而且，他很随喜父亲对其他孩子的付出，这是一般人做不到的。这个人说得很对。陈亦新从我这里继承的，不是什么特权，而是一份明白、善良、责任和担当。

所以，我们不要着急，要像竹子一样，把大量的生命用来扎根。竹子栽进土里,前三年一直扎根,扎根,不出土,但只要一破土,一个月就能参天。每个人都要这样,生命需要很长很长时间去扎根。

目录

第一章　月光下的老杨树　　001

第二章　红柳林中的风声　　015

第三章　"太阳"走了　　041

第四章　胸膛前的"红花花"　　067

第五章　娘来了　　081

第六章　"妈，我渴。"　　101

第七章　过了冬至就是年　　115

第八章　河湾里的沙枣树　　133

后　记　　147

第一章

月光下的老杨树

01

淤过冬水后，地里的活儿就算完了，家家都窝在热炕上，等着过年。所以，偌大的田野里空旷死寂，连鬼影都没有。雨娃的脚已经冻麻了，他狠狠地跺了跺，麻变成了疼。这时候，西北风正烈，雨娃觉得风比镰刀还利。当然，他不知道镰刀有多利，那明晃晃的刃口他不敢碰。在他看来，那明晃晃的刃口比副校长的耳光还厉害。

雨娃不喜欢淤过冬水后的地，太硬，还死气沉沉，没有一点人情味。还是春天的地好，带着些湿气，柔软极了。刚冒出的庄稼和草，在风中颤着，像大地的汗毛。虫子也活了，"红媳妇""黑寡妇""白老汉""花奶奶"……雨娃不知道这些虫子的学名，没人告诉他。但这不妨碍他认识这些虫子，这样也好，想叫什么就叫什么。

岔路口的老杨树，还孤突突地立着，叶子都掉光了，像一只被拔光毛的老母鸡。老人们都说这树该死了，再活就成精了。可翻过年，天一热，它就吐叶子了，不过只吐下半截，树梢倒是真死了。雨娃蹲在树下，避了避风，搓了搓手，然后顺着左边的岔路一阵小跑。

天有些暗了，田野里缭绕着一层薄雾。努力看，就能看到雾后隐约的村子，姑姑家就在村子里。

终于到姑姑家了。

前天，姑姑给雨娃妈带了句话，说有条毛裤给雨娃穿，让雨娃有时间来取一趟。这不，雨娃就来了。姑爹不在家，雨娃想他肯定打麻将去了。雨娃很少见姑爹，印象中那个话不多的男人总阴着脸。所以，虽然姑姑很好，但雨娃不常来。在他看来，姑爹的脸比院门上的铁疙瘩还冰冷。

姑姑刚过门时总哭，总骂姑爹：

"赌博鬼！赌博贼！你是鬼迷了心窍了？麻将是你的爹爹吗？你怎么不死在麻将桌上？"

姑爹不回嘴。后来，姑爹一脚踹断了姑姑的两根肋骨。几个月后姑姑又上地了。不过，再也不骂姑爹赌博鬼了。她变得和姑爹一样不爱说话，也总阴着脸。只有见雨娃时，稍微活泛一些。姑姑没有生娃子，连个丫头也没有生，所以很疼雨娃。

雨娃一进门，就趴到炉子上。姑姑一把拉开他：

"这样会把人烤坏的，先上炕暖暖。"

雨娃不上炕，只把手伸进被窝里。雨娃嫌自己身上土多哩，把被子弄脏就不好了。虽然这床单被褥已经旧得看不出花色了，但总是洗得很干净，有股淡淡的洗衣粉味。雨娃喜欢这味道，就像喜欢春天的嫩芽一样。

姑姑端来一盆烤馍馍说：

"也不知道猴儿啥时候来，没来得及做饭，先吃上几嘴。"

雨娃挑了一块烤馍馍，张嘴啃了下去，刮出两道门牙印。

姑姑从小屋里取来毛裤，一比才发现短了。她笑着指了雨娃一指头说：

"小瘦猴长得还真快。你等等，我借些毛线去，给你接长些。"

说罢，姑姑就出去了。屋里很暗，这是老房子了，墙早熏黑了。去年姑姑凑了些报纸，把墙和屋顶都糊了一遍。这样倒是整洁了些，不过还是暗，窗子太小了。

馍馍很香，只是太干了，戳得雨娃嘴疼。姑姑的面活很好，出嫁前老有人请她烧馍馍，她也愿意去。这几年姑姑不大愿意与人交往了，请她烧馍馍的人也不好意思开口。吃罢馍馍，雨娃轻轻地摸了摸耳朵。他松了口气，两个耳朵都在呢。妈告诉他，太冷的时候不要碰耳朵，一碰就掉了，掉了自己还不知道呢。那年，隔壁村里的一个娃子，上学的时候把耳朵碰掉了，早上天还黑，没有注意到。到教室里才觉得疼，一摸耳朵没有了。

雨娃每次一想这个事，总觉得耳根隐隐地疼。又在被窝里捂了一阵后，雨娃不冷了，就是手脚和耳朵稍微有点疼。他打了个哈欠，有点瞌睡了。于是仔细地拍拍裤腿和屁股，爬到炕上迷迷瞪瞪就睡着了。

雨娃做了个梦，这个梦又深又长。刚开始，梦见爹爹也坐在姑姑家的炕上望他，眼睛黑洞洞的，看不见眼白。他叫了声"爹"，却没有任何回应。不知怎么，他又走在学校里。校园里空荡荡的，没有一个人。天上下着雪，可一点也不冷。突然副校长出现了，但副校长却长着姑爹的脸。他一句话都不说，阴阴地盯着雨娃，嘴里喷着酒气，臭极了，跟馊水一个味道。雨娃在余光中看见自己的胸膛前开了红红的花，一朵又一朵。他想擦去这花，边擦边喊，却怎么也擦不干净。

姑姑摇醒了雨娃问：

"你叫喊什么？做噩梦了？"

02

雨娃怔了怔，望向窗外，天已经暗了。屋里开着电灯，灯光昏黄无力，像只乏狗，倒显得屋子里更暗了。姑姑正接毛裤呢，毛裤本来是黑色的，接的这半截倒成了大红色。姑姑瞅了一眼雨娃说：

"借了好几家子，都没毛线了，只有蜡梅家还有些红的，不要紧么，反正在里面穿，别人看不见。"

雨娃赶忙说：

"不要紧！不要紧！"

心里却想，换过来也成啊，红毛裤接个黑裤角也成啊。雨娃的裤子越来越短，吊在小腿上，这样一来，别人就看见了，还以为穿了条红毛裤。红毛裤是丫头穿的。

雨娃妈是老风湿，一到冬天，腿肿得跟白萝卜一样，指头也疼，一点力气都没有。柱子奶奶也是老风湿，柱子爹把柱子奶奶拉到城里，说是让一群蜜蜂蛰腿，蛰完就好了。柱子奶奶给雨娃妈说：

"你也去蛰一下，管用。"

雨娃妈抿着嘴笑了笑，没有说话。雨娃妈知道，柱子奶奶那是炫耀呢，叫蜜蜂蛰一下，听说要花不少钱哩。老天爷，家里可没这个闲钱！这样一来，雨娃妈就没办法给雨娃织毛裤了。雨娃妈说：

"雨娃，你少去外面玩，躺到炕上睡几觉，天就热了，燕子就飞回来了。"

可是雨娃还是天天跑出去，瓜娃等着和他一起放炮呢。人人都说瓜娃傻，雨娃想傻就傻吧，反正再也没人跟我一起玩。

雨娃听妈说，瓜娃是小时候发高烧影响了脑子。后来，雨娃有一次发烧，雨娃妈整整几宿没睡，用毛巾渗着井水敷雨娃的头。那次发烧时，雨娃看见战火燃烧，硝烟四起，无数士兵在攻城，像柱子家电视里演的那样，非常惨烈，又是火把，又是石头，又是长梯子。烧退了之后，雨娃总怀疑自己脑子是不是也烧坏了。

前几天，瓜娃总偷家里的鞭炮，让雨娃放。雨娃小心翼翼地把炮捻子上的线绳解开，然后把鞭炮拆成一个又一个小炮，这样可以玩好久。雨娃和瓜娃把小炮埋进土里，只露出捻子，然后在捻子上搭一小截燃香。他们藏进麦秆垛里，悄悄地等人经过。那次，队长提着一箱啤酒刚好经过，炮一响，吓得队长把啤酒扔到了地上。地上都是土，啤酒瓶虽然没有摔烂，但队长还是骂了一阵娘。这件事，让雨娃整整笑了一个星期。

天色越来越暗，毛裤还没有接好。

"雨娃住下吧，明天再回去。"姑姑说。

雨娃没有吭声，过了好一会儿才结巴着说：

"我得……得回去，给……给我妈填……填炕。"

姑姑什么也没有说，转过脸，加快了手上的动作。姑姑接好毛裤后，天已经黑透了。姑姑说：

"快穿一下，看看合适不？"

雨娃嘟囔道:

"姑,你背过去一下。"

姑姑笑着说:

"屁大点娃子还知道害羞。"

说罢,转过身给了雨娃一个脊背。雨娃飞快地穿好毛裤,长短刚好,就是有些松。姑姑说:

"还要长身体哩,正好。"

姑姑给了雨娃个手电筒,说操点心,看着些路。雨娃嗯了一声,便扑进了夜里。

天阴实了。没有月亮,也没有星星,黑透了。手电筒的光柱在偌大的田野里晃来晃去,显得慌乱又挣扎。穿上毛裤果然没来时冷了,只是稍微有点扎。雨娃想,过年的福钱买条线裤,就不扎了。

夜里的路,总是比白日里长。雨娃一路小跑,终于到了岔路口。手电筒照不全那棵老杨树,它显得又怪又大。雨娃突然想起老人们说这棵老杨树可能快成精了。听说树下还埋过人,这人死得冤,不愿投胎,变成了毛骚鬼。某一年,有个木匠赶夜路,第二天早晨还没有到家。儿子寻上来,发现木匠在树下挖了坑,正埋自己呢。

这故事,雨娃听过。他心里咯噔一下,起了一身鸡皮疙瘩，于是赶紧跑了起来。雨娃边跑边怪自己，想什么不好偏想这个。这一怪更糟了，村子里老人们讲过的鬼故事，他全想起来了。雨娃边跑边哭，觉得有无数影子在追他。

一不小心，雨娃摔倒了。这一跤摔得猝不及防，像猛地挨了个大嘴巴。雨娃的鼻子又疼又酸，眼泪都冒出来了。肯定又流鼻血了，雨娃想。这地冻得比石头还硬。雨娃没敢缓，赶紧爬起来，捡起前面的手电筒，又跑了起来。身后的黑里，那棵老杨树抖擞着枯枝，正一张一扑地追他呢，他甚至都听到嘶哑的狞笑声了。

冬天的夜，又黑又长。

终于，雨娃遥遥听见狗叫了，他心一松，总算快到村里了。

03

终于到家了。雨娃长出了一口气，把手电筒扔到沙发上，猴一样钻进了被窝里。炕已经填过了，正暖和着呢。

"瞧！冻坏了吧？也不看看几点了！做什么都磨磨蹭蹭的，没个利索劲。我正准备去寻你呢。再有一次，你试试！"妈还在数落。

雨娃也不解释，心想骂就骂吧，又不疼又不酸的。

妈端起热在炉子上的饭，放在炕沿上。雨娃爬过来就吃。

"你姑好着没有？姑爹在不在？"

"姑爹不在，姑姑还就那样。"

妈轻轻叹了口气，半天没有说话。突然又想起了什么，一本正经地对雨娃说：

"这阵子可别乱跑，听说狼进村了。"

"狼？啥时候？"雨娃惊得一骨碌爬了起来。

"嗯。就今天下午，听说大爷爷家的羊被扯了喉咙，血都放干了。"

"哪里的狼？"

"沙漠里的。估计是没吃食，饿极了。否则不敢进村的。"

吃罢饭，洗了脚，娘俩就该睡觉了。虽然时间还早，不过八点多，却也无事可做了。乡下的冬夜，漫长无趣，若是有电视机，还能消磨些时间。但那也是个稀罕物，不是谁家都有的。雨娃爹在的时候还好，总有些狐朋狗友来吹牛打牌。雨娃爹不在了，也就没人来了。

"睡好没有？我可拉灯了。"

"嗯，拉吧。"

雨娃妈拉了灯。浓稠的黑，瞬间扑满了雨娃的瞳孔。

不知过了多久，整个村子都睡着了，只有雨娃还醒着。他翻来覆去睡不着，大睁着眼，想着妈妈说的话。后半夜，起了老风，像是有只怪兽爬在屋檐上吼叫。雨娃更睡不着了。可能是风驱散了浓厚的云吧，清澈的月光悄悄地漫过了窗子。

于是昏暗的夜，逐渐清晰了起来。

沙发、高低柜、火炉全部沉默在一片奇怪的阴影里，恍似有了生命，正在酝酿着一句高深的台词。雨娃在瓜娃家看过一本童话书，书里就画着这样一个故事：一到夜晚，小主人的玩具就活过来了，他们开会、争吵、打闹，天一亮又恢复了原样。雨娃没有玩具，他家里只有沙发、高低柜和火炉。虽然如此，雨娃仍觉得它们也能像书里的玩具一样，在某个夜晚，会说出一句意味深长的话。这个念头让雨娃很兴奋，他趴在炕上，只露出个小脑袋，盯着黑暗里的物件。

现在，风声也逐渐息了，只剩下一片寂静。雨娃与这些物件就这么互相凝望着，他的眼里闪着光，如同黑暗里的水。

雨娃喜欢夜晚，也喜欢月光。因为他可以把自己藏起来，想一些没人知道的心事。他的心事从不对外人讲，有些连妈妈也不知道。在别人看来，他只是个羞涩的孩子，一点也不特别。乡下什么都缺，就是不缺孩子。大人们都进城打工了，除了那些蹒跚的老人，就只剩下野蛮生长的孩子们。雨娃的爷爷和奶奶走得早，没人照顾他，雨娃妈只能留在家里务农。这样也好，雨娃妈是个秀气的女人，不一定能适应城里打工的生活。大爷爷总爱打趣雨娃爹，他一边抽着黑鹰膀子做的烟锅，一边笑着说：

"哎呀，花儿插在牛粪上。这么秀气的丫头，怎么跟了你这样一个土霸王？真是先人们积了德啊。"

雨娃爹也不反驳，龇牙一笑，望向雨娃妈。雨娃妈悄声没气地笑了。

现在，全世界一片寂静，只剩雨娃妈轻微的呼吸声。这呼吸声让雨娃觉得很安稳。只是炕烧得太烫了，烙得雨娃背疼，他小心地翻过身，继续胡思乱想。

雨娃又想到了那棵老杨树，在月光下，老杨树可能就没那么可怕了。听爹说，种这棵树的时候，正好爷爷出生了，与它同岁呢。爷爷不在已经很久了，那棵树倒还活着。怪不得大爷爷老说，人不如个物件。大爷爷和爷爷是堂兄弟，他们是一个爷爷的孙子。村里，只有大爷爷和大奶奶稀罕雨娃，经常偷偷给雨娃一把豆豆糖。豆豆糖什么颜色都有，味道也不一样。这一把豆豆糖除了给瓜娃几颗，剩下的雨娃按颜色排列好，每天只吃一颗。于是有豆豆糖吃的日子，不仅是甜的，还是五颜六色的。

所以，当听说沙漠里来的狼，咬死了大爷爷的羊，雨娃就很心疼，甚至有些生气。他暗想，为什么把大爷爷家的羊咬死？那羊，可是大爷爷的命根子。

紧接着，雨娃就开始后怕，他甚至打了个哆嗦。今天从姑姑家回来时，若是碰上狼，那可就糟了。说不准狼悄悄地跟着呢……

雨娃越想越怕，紧紧地闭上了眼睛。但是关于狼的故事，已经在他的脑子里上演了。

离雨娃家的村子不远，有一片大沙漠。在村子的另一边，还有一片大沙漠。老人们总说，两片沙漠迟早会汇合在一起，到那时村子就被沙埋了，跟楼兰古国一样。雨娃不知道楼兰古国在哪，但他知道如果村子被沙埋了，那将是一件很可怕的事情。村里的很多户人家都搬走了，剩下的人不是没处去，就是老得搬不动了。大爷爷说：

"真是小驴娃放屁——自失惊！这村子，一时半会埋不了，等埋过来时估计到猴年马月了。有一日子就过一日子，别瞎操心。怕什么？再怕就种树，只要种活了树，沙子就寸步难行。"

大爷爷这么一说，老人们就不焦虑了。又开始蹲在南墙根里，晒着日头，抽着旱烟，好个逍遥。

现在沙子没来，倒是狼来了。雨娃之前听很多人讲过狼的故事，也讲过狐狸的故事。故事里的狐狸会拜月，拜着拜着，就变成漂亮女人了。不知道狼会不会拜月？狼拜着拜着，是不是就变成男人了？雨娃觉得会，狼可比狐狸厉害多了。

夜实在太深了，连月光也黯淡了。

雨娃终于觉得困了，他打了个哈欠，沉沉地睡着了。

狼，并没有放过雨娃。它又进入了他的梦里。

梦里也是一片月光，清澈极了。那棵老杨树仍旧孤突突地立在岔路口。月光下，它的每一根树枝都清晰可见，每一片叶子上都闪烁着光，仿佛满天的星星都挂在树上。树下站着一个人，却是人身狼头。狼盯着雨娃，微笑着，没有叫也没有说话。

第二章

红柳林中的风声

01

雨娃原本不叫这个名字。他长相随妈,肉皮子白净,只是头发又黄又软,像大奶奶家黄鸭子的毛。雨娃体质不太好,越大越瘦,跟麻秆子差不多,腿上也没劲,一走路软软散散,面条似的。这样一来,雨娃不太像男娃子,倒像个丫头。村里人一见他,都打趣道:

"你爹壮实得跟犏牛一样,怎么生了你这么个猞猁?真正是个白肋骨!你看看,腰来腿不来,跌倒起不来。"

娃儿们见了雨娃,也爱拿他取笑:

"哟——哟——黄毛丫头气死娘老子。"

这时候,瓜娃就跳出来主持正义,结果被绊了个嘴啃泥。娃子们笑得爬起跪倒:

"呔!肉贼,干脆你把雨娃娶上做婆娘吧。"

瓜娃不恼,也傻呵呵地笑。雨娃一句话都不说,看着瓜娃趴在地上翘起的肉屁股,也悄声没气地笑了。

雨娃常生病,不是感冒就是发烧。雨娃爹找了老道。老道耸了耸鼻头，露出炕洞一样的鼻孔，眼珠子又朝上翻了几翻，然后掐指一算：

"啊呀，名字没有起好，这娃五行缺水，得起个有水的名字。"

可老道起个名字要一百块。

雨娃爹说：

"乖乖，一百块！心也太狠了，不就起个有水的名字，老子好歹上过两天学，什么水多？雨么，对，就叫雨娃。"

这样一来，一百块果然省下了。雨娃爹好不得意，专门去小卖部买了瓶白酒，还给雨娃买了一包方便面，才花了不到十块。雨娃喜欢方便面，可不喜欢这个名字，因为村里的娃子们老笑话他，说"雨"啊"雪"啊，是丫头名字。

老道很生气。他龇着黄牙逢人就说：

"名字能胡起吗？要掐八字算五行。这属于天机，凡夫能懂？乱起名字者，肯定没有好下场。不信？等着瞧！"

说罢，老道鼻孔朝天，"呼哧呼哧"地喷着粗气。这样一来，那黑洞般的鼻孔显得更大了，简直能塞进个乒乓球。

雨娃爹没空理睬老道。一瓶白酒下肚，他就气吞山河了，又是耍猴拳，又是唱秦腔，把家里闹得鸡飞狗跳。雨娃妈管不了又气不过，只好带雨娃出门，由着他爹闹腾。雨娃爹跳累了，也唱乏了，就着衣服穿着鞋，跳上炕呼呼大睡。这一觉睡得天昏地暗，直到第二天日头爷快西垂了，他才醒来。

那时节，很多男人都进城打工了，雨娃爹却不想去，说是不放心老婆孩子，其实更主要的原因是懒得动弹。雨娃妈看破不说破，撇嘴笑笑。

日子就这么一天天过着，直到有一天发生了件让人哭笑不得的事。

那天很热，雨娃妈仍去地里拔草，雨娃去瓜娃家里看童话书。瓜娃妈喜欢给瓜娃买书，可瓜娃不爱看，翻几页就丢到一旁。倒是雨娃喜欢那些花花绿绿的书和书里的故事。雨娃爹百无聊赖，吃了半个西瓜，就上炕睡了。谁知对门来福家的驴没有拴好，它拖着缰绳，大摇大摆地进了雨娃家的厨房。

这驴整天吃干草，哪见过这么多吃食？这就如同孙猴子进了蟠桃园，哪个都想尝尝。驴子知道机不可失，时不再来，这种好运不是每头驴子都有的。于是筐飞起来了，盆滚起来了，瓶子倒了，袋子烂了……嘿，好个热闹！驴嘴毫不留情，驴肚子又是无底洞。眨眼间，已是一片狼藉。雨娃家的菜全没了，一筐鸡蛋碎的碎烂的烂，面粉被喷得到处都是，简直惨不忍睹。最重要的是，雨娃妈用来卖钱的玉米也被糟蹋了。

自始至终，雨娃爹没有醒来。

雨娃妈进了大门，听到厨房里响，愣了一下。她心想：奇了怪了,这么懒的男人也知道给人做口热饭吃,简直是奇迹啊。她一边琢磨着怎么取笑雨娃爹,一边进了厨房。厨房里的景象吓得雨娃妈大叫:一头满身是面的白驴正悠哉地啃玉米,长长的驴耳朵上,还挂着几片菜叶子。它见了雨娃妈,也不惊慌,驴牙一龇喔喔地叫了起来。雨娃妈又惊又怕又气,浑身直哆嗦。

这时候,雨娃爹醒来了。

晚上,雨娃妈哭一阵骂一阵:

"墙头高的老爷们,连家都看不住。叫一头驴翻了个底朝天。"

"你说说,你还能干什么?拔草,你不去!浇水,你也不去!"

"这下可好,面也没了,菜也没了,你吃风喝露去!"

"玉米籽也给我糟蹋了,卖不上钱,拿什么过日子?"

……

雨娃爹既不恼,也不回嘴,一个劲儿地朝着雨娃做鬼脸。雨娃捂着嘴嘿嘿地笑。

02

次日一早，大爷爷和大奶奶提着菜进了家门。大奶奶去劝雨娃妈，大爷爷来看雨娃爹的笑话。他一见雨娃爹，笑得直咳嗽。雨娃爹也跟着笑，然后取出酒，给大爷爷和自己各倒了一盅。大爷爷闻了闻酒，耸着鼻头说：

"这酒好。嘿！好一出'毛驴大闹厨房'，我活了快八十年了，还没有看过这种戏。"

雨娃爹讪笑道：

"这酒是我爹不在那年存下的，一直没舍得喝，还有一瓶呢，留着雨娃娶媳妇时再喝。嘿嘿，那也没啥！人还能跟牲口计较？不要紧的。"

大爷爷喝着酒嬉笑怒骂，倒是雨娃爹越来越沉默了。除了偶尔嘿嘿几下，再也不吭一声。大爷爷是想让雨娃爹出去闯闯，赚不赚钱是次要，重点给婆姨娃儿寻个出路。

雨娃爹的头越沉越低，大爷爷拍着他的背说：

"好男儿志在四方。家里别担心，我和你大妈妈照看着。"

大爷爷离开后，雨娃爹又喝了几盅。这次他没有耍酒疯，上炕直接睡了。睡醒后，就让雨娃妈拾掇，说是准备进城打工。倒是雨娃妈不自在了，好似是她把雨娃爹逼出了家门。她半天不吭声，思了半晌才说：

"还有些蒜，能卖点钱。要不别出去了？"

雨娃爹咧嘴一笑，然后大手一挥：

"与那个没关系。老子是去给娃子奔个前程。"

说罢，他抱起雨娃朝天上一抛，快落地时才接住：

"雨娃，你以后可就是城里人了。"

自从雨娃爹决定进城，家里的气氛就不同往日了。雨娃妈进进出出，不是忘了这个，就是落了那个。她虽然也期待雨娃爹嘴里的未来，但多少有些不安。至于什么原因，她也说不清楚。雨娃第一时间把这个消息告诉了瓜娃，他昂着小鸽子般的脑袋对瓜娃说：

"我爹说，以后我可就是城里人了。"

瓜娃流着口水，一脸羡慕：

"我也想当城里人，能带上我吗？"

雨娃面露难色：

"估计不行。再说，你妈也不答应啊。"

瓜娃低下头：

"那你可要常来看我呀。"

雨娃郑重地点点头，答应了这个要求。许久，仍觉得于心不忍：

"等我长大点，有本事了，就来接你。"

雨娃爹为人仗义又豪爽，平日里朋友多。但到了关键时刻，却没个靠得住的。没人牵个线，介绍个活，让他抓耳挠腮，觉得老虎吃天无从下口。其实面对未知的打工生活，他多少是有些忐忑的。城市可不比这沙窝，大得多，也复杂得多。

大爷爷又来了，说是双银爹回村了，他已经打好招呼，去找就行。提起双银爹，雨娃爹唉了一声，有些为难。他年轻时和双银爹打过架，敲掉了人家的一颗门牙，很多年里不曾说过一句话。雨娃也不喜欢双银爹，那是个油滑的男人，长着瓜子眼睛老鼠嘴，整天琢磨着算计别人。雨娃爹敲掉他的门牙后不久，他就进了城，算是最早的一批打工者。听说现在混得不错，是个小工头。

雨娃妈也不愿意让雨娃爹去找双银爹。她从别的女人们嘴里听到了一个故事，说是双银爹赚了钱，就在城里置办了一个小家，养着一个小女人，生了一个小娃娃。这故事让雨娃妈很惶恐，她说：

"跟上好人学好人，跟上龙王打河神。"

雨娃爹一拍胸脯，大声说：

"老子是那种人吗？"

雨娃妈看着雨娃爹那正气凛然的样子，悄声笑了，不再吭声。

思来想去，还得去找双银爹。雨娃爹拿了条烟，硬着头皮往双银家走。

双银家一地碎碗，愤怒在沉默中喘息着，即将爆发。双银爹见了雨娃爹，像遇到了救星，客气极了，赶忙迎进屋：

"大爹爹交代过。小事情，包在我身上。要我说，你早该出去了。"

只见双银妈靠在炕上，怒睁着一双红眼，边哭边咬牙。雨娃爹想，来得真不是时候。又想，这女人又胖又高，发起疯来，一般男人还真降不住。

双银爹见了烟，眯着瓜子眼笑道：

"哎呀，拿什么东西？太见外了，兄弟的事就是自己的事。"

说罢，将烟收了起来。又问：

"你打算什么时候走？我下午就回。要不一起？"

雨娃爹摆摆手：

"还要两天，得把田里的活拾掇干净。"

又寒暄了几句，问清了地方，雨娃爹就告辞了。双银爹极力挽留，但双银妈的眼睛能吃人，还是赶紧撤吧。刚出了院门，雨娃爹就听到了一声怒吼：

"下午就回？你想得美！"

伴随怒吼的，又是一阵摔碟子砸碗的声音。

03

雨娃爹进城后，天气就凉了。成群的大雁开始往南飞，雨娃站在院子里，听着一声声雁鸣，又想起了爹爹。爹爹在城里，抬起头也能看到这同一群大雁吧。

树上的黄叶也开始落了。秋风一吹，漫天都是飘摇的蝴蝶。雨娃站在屋顶上，看着无数枯黄的蝴蝶飞向夕阳，心里有了些惆怅。西北风一吹，天地间便没了色彩。大地是土黄色的，村庄是土黄色的，夕阳是土黄色的，连秋风也是土黄色的。雨娃极目远眺，直到那条进城的小路隐藏进朦胧的雾霭里。

家里面也空落落的，很少有声响，不免冷冷清清。雨娃妈的风湿病越来越严重，但她还是默默地承担起一切。好在雨娃很懂事，他力所能及地干活，像个小男子汉一样，努力地照顾着妈妈和家。空闲时，妈妈总爱发呆，像庙里的泥菩萨般一动不动，任寂寞的暮光落满她的头发。黄昏越来越深沉，最后将妈妈裁成一个单薄的剪影。这些只有雨娃知道，他从未对任何人说起过。他知道妈想爹了，比他更想。

也是在这段日子里，雨娃发现妈妈眼窝深了，颧骨高了，脊背弯了。不仅如此，某个黄昏，当黯淡的夕阳落在妈妈脸上时，雨娃竟发现了她眼角的皱纹和几缕白头发。

妈妈变老的事实，让雨娃很难过。他隐约听过些话，具体记不清了，大意是人若是老了，离死就不远了。妈妈虽然没有老成大奶奶那样，可终究是变老了。雨娃不清楚"死"是啥，但模糊地知道，那是件很坏的事情。

雨娃不再乱跑，也不去找瓜娃玩。瓜娃寻上门时，他很敷衍地打发走了。雨娃妈自认为是娃子想爹了，倒也没问什么。

雨娃满脑子都在想爹什么时候回来。他出门时朝村头望一眼，进门时朝村头望一眼，抱麦秸时朝村头望一眼，喂鸡时朝村头望一眼……每天至少望个百八十次。无数回，村头隐约出现个人，雨娃都觉得像爹，小心脏狂跳不止……走近后，才发现不是。雨娃低着头，不看门前经过的人，豆大的泪珠吧嗒吧嗒地砸在手背上，溅出一朵朵小水花。雨娃恼自己忘了问爹什么时候回来。虽然回回失望，雨娃仍每天踮起脚尖望向村头。有几次等得恼了，心里竟暗暗怪起爹来：哼，等他回来后，我一个月不理他！

不久后，村里人都知道雨娃在等爹。他们从雨娃面前经过时，便打趣雨娃：

"呦，等你爹呢？别等了，他肯定不回来了。说不准在城里都养下小娃子了。"

"你爹在城里吃香的喝辣的，早把你忘了。"

"你不知道吧？你是你爹捡回来的，早不想要你了。"

……

话越说越离谱，雨娃不清楚哪句是真哪句是假。他很想反驳一下，却张不开嘴。只有眼泪止不住地往下滴。雨娃哭得越厉害，捉弄他的人笑得越大声。妈妈告诉雨娃，这些人不过是逗他玩，别理就是了。可他就是想哭。他讨厌这种被众人围观取笑的感觉，羞愧却无处躲藏，恼怒却无处释放。他更讨厌等待后的失落，像有个人把心偷走了。

有一回大奶奶遇见了，张开双手像鸭子那样赶取笑雨娃的人：

"墙头高的大人了，欺负小娃娃做什么？实在没事做，就三床被子捂上睡觉去。"

说罢，把雨娃搂进怀里，用一只老手擦去他的眼泪：

"别听他们胡说！快八月十五了，你爹铁定回来。"

一听这话，雨娃倒哭得停不下来了，把委屈一股脑儿倒个光。

大人们肯定想不到，他们的玩笑开了个坏头，大娃子们有样学样，开始明目张胆地捉弄雨娃。尤其是双银，他今年十四岁，刚升了初一，却还不会做四年级的数学题。他长得像他爹，也是瓜子眼睛老鼠嘴，还有两颗硕大的黄板牙。于是得了一个诨号"飞天黄日鼠"，"黄日鼠"是别人叫的，这"飞天"二字是双银自己加上去的。十四岁的男孩子，个头快赶上成年人了，嘴唇上方也冒出了柔软稀疏的胡须。这是个浑小子，发起疯来，敢和成年人打架。仗着这个泼皮性子，他经常欺负小孩。村里人不想与他纠缠，骂几句也就算了。他身边时常聚集着一群喽啰，整日在村子里游荡。

这一日，双银一伙堵住了雨娃和瓜娃。双银斜挑着瓜子眼：

"雨娃，你爹是我爹的手下。你也得当我的手下。"

雨娃没吭声，低头往家走。几个喽啰上前堵住他的路。瓜娃急了：

"你们别惹他，他以后可是城里人。"

"城里人？"大娃子们哄然大笑。

雨娃的脸唰地红了，偷偷地瞪了瓜娃一眼，心想：真是个呆子！

大娃子们仍狂笑不止，一边重复着"城里人"，一边笑得前仰后合。

笑罢，双银龇着黄板牙嘲笑雨娃：

"就你爹那个德行，你也想当城里人？你不去问问你爹，他抱一天砖头能挣几块钱？"

爹在雨娃心中是个大英雄，容不得别人玷污。双银的谩骂让他又羞又恼，他涨红了脸，紧紧地攥着小拳头，强忍着泪水。他心里盘算好了，双银再乱说，他就拼了，挨打也不怕，爹会为他报仇的。

就在这时，大爷爷的小女儿经过了。她叫月儿，大学刚毕业，在村里的小学当语文老师。月儿望着双银呵斥道：

"双银，有完没完？你别看不起人！你爹刚进城时，也是搬砖的。"

月儿是村子里最美的姑娘，也是村子里第一个大学生。她皮肤白得像面，头发黑得又像炭，散发着独特的气质，清灵灵的，像池塘里的小莲花。一切美的事物，都有一种天然的震慑力，容易让人敬畏。所以双银在月儿的怒视下，闭上了嘴。

月儿拉着雨娃的手,带他走出了包围圈。雨娃紧绷的身体,这才慢慢放松了。他知道,这只是个开始,以后免不了被欺负。爹在家时,没人敢欺负他,现在失去了保护,以后可咋办?这样一想,眼泪又冒出来了。

月儿蹲下来,眼睛笑成了月牙,她用手帕擦去雨娃的泪水:

"雨娃,想不想去我家玩?"

雨娃透过朦胧的泪眼,看见了两个弯弯的月牙:

"谢谢月儿姑,今天不去了,妈妈在家等我呢。"

04

次日一早,大爷爷传来话,想让雨娃帮他去放羊。羊多了,他一个人照看不过来。雨娃妈赶忙烙了两张饼,装进布袋里,让雨娃背着中午吃。雨娃从未放过羊哩,他有些紧张还有些兴奋。村里像雨娃这般大的娃子,几乎都出去放牧了。除过照料牲口外,家长也落个清静。半大不小的娃子,正是精力旺盛的时候,若不给找个事情磨时间,总会捅乱子的。雨娃妈只养些鸡,既不养羊也不养别的大牲口。归根结底,是雨娃爹太懒了,有了空闲,不是喝酒吹牛,就是捂头睡觉,根本不会照料牲口。雨娃又太小，体质弱，跟着别的娃子们去放羊，妈妈担心他受欺负。索性就不养了。无非过年少吃几口肉，少花几块钱，没什么大不了。

但雨娃心里还是很向往的，他常听放羊回来的娃子们讲些奇闻逸事，不是碰上了大蛇，就是遇上了狐狸。他们春天放风筝，摘野花；夏天打水澡，捞河鱼；秋天偷果子，烤玉米……在雨娃看来，这简直太梦幻了。

雨娃背着饼子，迫不及待地跑向大爷爷家。

看着气喘吁吁，小脸通红的雨娃，大爷爷慢悠悠地抽着烟锅：

"雨娃子，不急么。一天日子也长着哩，慢慢来。"

说罢，牵出一长串咳嗽，像抽拉着一台年久失修的风箱，直听得雨娃嗓子里痒。

"吃了没有？奶奶做了拌面汤，喝一点？"大爷爷问。

"我妈烙了饼呢。"雨娃举举布袋。

"你妈太操心了，跟着爷爷还能饿着你？满山遍野都是吃的。"

说罢，瓜娃风风火火地跑过来。他夸张地喘着粗气，仿佛要把心吐出来：

"吓死我了，我妈忘了喊我，还以为你们走了。"

大爷爷慢悠悠地直起腰，拿烟锅在鞋帮上磕磕，等烟灰落尽了，便把烟锅揣进布腰带里。

"走啊！娃子们，放羊去。今天是个好日子。"

嘀！大爷爷家的羊真不少，算上小羊，有二十一只呢。雨娃仔细地数了两遍，白花花的羊群很容易花眼。瓜娃怎么数都不过十，急得抓耳挠腮。

大爷爷让两个小的在前面开路，自己拿根皮鞭断后。二十一只羊和三个人，走在路上也浩浩荡荡呢。雨娃刚开始还有些拘谨，不过很快适应了新身份。他昂首挺胸，走出了解放军的味道。此时，太阳刚上树梢，斑斑阳光透过枝丫的缝隙，照在雨娃脸上，如一双无形的温柔之手抚摸着他。晨风从耳旁吹过，清冽而透彻，仿佛讲述着远方发生的故事。雨娃抬起头，望着蔚蓝如洗的天空，听着身后羊群的咩咩声，觉得自在又惬意。他很想让妈妈看看自己现在的样子。

老人们睡眠轻，这时候差不多都起来了。烟筒里不冒烟的，不是家里没人，就是老人不在了。雨娃从来没看过这个时候的村子，感觉与平日里不太一样。至于哪里不一样，他又说不清。雨娃潜意识里认为自己迟早要离开村子，这个瞬间，他竟有些不舍。你看，那一排排光秃秃的老树、一座座破旧的老屋，还有废弃的石磨、干涸的水渠……这些都见证了他的出生、成长，他也目睹了它们的凋零与衰败。

雨娃回头看了一眼大爷爷，这个硬朗又慈祥的老人，也正笑眯眯地望着他呢。

地上的土，还残存着头一夜的寒气，走了一会儿雨娃就觉得脚冷。他仍穿着姑姑做的布鞋，这鞋底是姑姑一针一线纳的，可结实了。这点冷，雨娃并不在意，他像新上任的司令，带着他的羊兵走向河湾。

河湾很大，据说以前流淌着一条大河，发大水时淹死过不少人。现在的河湾里，只有一条空荡荡的河沟，依稀证明着老人们的故事。河湾的中心，是一大片坟地。村里所有逝去的人，除了夭折的娃娃和横死的青年，其余的都埋在这儿。除非是到了给先人们上坟的时节，否则雨娃不会来这儿。他听过太多闹鬼的故事，一到坟地就哆嗦。

怪的是，今天却一点也不怕。放眼望，无非是一个个孤零零的土包，没有什么稀奇。

"雨娃子，等以后爷爷死了，就埋在那棵沙枣树旁边，你可记得来给爷爷上坟。"

雨娃不知道说什么，只好嗯了一声。

坟地四周，是大片草滩，长满了各种野草。有艾草、曲曲菜、羊蹄甲、灰条、刺麻子等等，有些雨娃认识，有些见过但叫不上名字。草滩的最北面，有一片不规则的树林，长满了红柳。这些树是瘸五爷种的，他每年种几棵，几十年下来，已经蔚然成荫了。都说瘸五爷傻，干这花钱、费力、不讨好的事。瘸五爷倒不在意，他总是眯起眼望向路的尽头：

"沙子都快把祖宗的坟埋了，再不管，以后儿孙们上坟都没个去处。"

说罢，一瘸一拐地走开了。

听大奶奶说，瘸五爷是个孝子，那座最整齐的坟就是他老娘的。

红柳正开着花呢，遥遥望去，如一缕缕粉红色的云彩，随风轻盈地浮动。这景象迷住了雨娃，他长久地注视着。也难怪，大西北的秋天一片荒芜，不是暗灰，便是枯黄，衬得这天地冷清萧条。在这种境地里，红柳粉红色的花，突显得如此梦幻，照亮了孩子黯淡的眼睛。这画面，深深地铭刻进了雨娃的心里，此后的无数年中，他眼前经常会出现那些轻轻摇曳着的粉红色的云彩。

"这红柳树啊，能活好几百年，可比人强多了。若是娃娃们患了痘疹发不出来，喝这红柳叶熬的水，就能治好。也能治风湿病。雨娃子，回头给你妈摘些叶子，晾干了熬水喝。"

雨娃郑重地点了点头。

出了红柳林，往北再走半里地，就是大沙漠。黄沙万里长，延绵不绝，直至天的尽头。一眼望去，只有静寂与苍茫，让人双眼疲惫，心生敬畏。平日里，高耸的沙山沉默无语，如一只沉睡的巨兽。偶尔醒了，便驾着黄风，裹挟着漫天的沙尘，搅出一片呜咽之声。黄风中，村子战栗着，树木挣扎着，天地无光，一片昏黄。未归之人，掩住口鼻，眯起双眼，艰难地移动。好在人们习惯了，倒也不怕。喝上一壶小酒，再睡上一觉，多厉害的黄风也会过去的。

雨娃没去过沙漠，妈妈不让去，自己也不敢去。除了怕狼与狐狸，更怕在沙漠里迷失方向，稍一恍惚，就再也出不来了。雨娃曾在梦中有过类似的情节，虽然醒来后梦就模糊了，但那种欲哭无泪的感觉，倒是清晰地留了下来。

羊群分散在坡上吃草，很听话，不乱跑。两个小的，守了一会儿，就烦了。瓜娃追着一只蝴蝶跑远了。一时间，天地寂静，只能听见羊扯草根的声音和过往的风声。雨娃嘴里叼着根狗尾巴草，躺在坡上看天。天空很晴朗，没有一丝杂质，显得高远极了。

大爷爷在不远处抽着烟锅，雨娃凑过去问：

"大爷爷，你进过沙漠吗？"

"当然进过，早些年常进哩。"

"不怕么？"

"怕什么？沙漠有沙漠的规矩，你守规矩，自然不怕。"

"哦？沙漠还有规矩？"

"当然有。万事万物都有它的规矩。"

"能告诉我沙漠的规矩吗？"

"行。爷爷就给雨娃子好好说一说。"

大爷爷摸着雨娃的头，一一告诉他。首先，得会辨方向。白天看日头，晚上看星星。这样就不会迷失方向。其次，还要会看天象，什么时候有风，什么时候有雨，得心里有数，就算沙尘暴来了，也能提前准备。心里还得有张小地图，知道哪里有水，哪里能过夜，哪里有人家。最重要的是，知道自己几斤几两，量力而行。除此之外，如果要走远路，必须带上骆驼。人家是"沙漠之舟"，天生就是干这个营生的。

雨娃当然见过骆驼，只是他不敢到跟前去。听说骆驼会喷唾沫，若是喷到人脸上，会长麻子的。

大爷爷还说，他的叔叔，也就是雨娃的太爷爷，是很厉害的骆驼客，专门帮凉州城里最有钱的掌柜运货。太爷爷带着驼队，一走就是几个月，直到穿过大沙漠，抵达另一座大城。几十年里，没出过一次纰漏。可惜后来染上了鸦片烟，大半辈子攒的那点辛苦钱，很快就消耗尽了。鸦片是什么？贤孝里早唱过，那是吃人不吐骨头的魔鬼，万贯家财都经不起折腾，何况那点小钱！大爷爷还说，雨娃的爷爷小时候常被打发去买鸦片，专挑半夜三更。若是不去，会挨鞭子的。

"你想想，半夜三更黑灯瞎火的，你爷爷从热被窝里爬出来，穿过河湾里的坟场，到另一个村子上去买黑货。这一个来回，就是十里地。"

大爷爷磕磕烟锅，装烟丝的动作明显慢了。他嘴里不停地说着，眼里却若有所思，恍似透过吐出来的烟，又看到了几十年前的深夜：月光微弱，照着一个孩子惊恐的脸，他边跑边回头，瘦弱的背影消失在了夜的最深处。

"后来，你爷爷得了肺病，估计与此有关。不然，也不会那么早就走了。"

这些家族往事，雨娃从来没听过。关于祖辈，他没有任何印象。只在上坟时，对着那些土包，磕几个头，烧几张纸。之前，雨娃总有种飘忽感，现在这些故事让他与这片土地建立了新的联系，隐约有了根。

一阵风吹过，羊低头吃草，河湾里又恢复了寂静。

05

之后的半个多月，雨娃都跟着大爷爷去放羊。大爷爷的羊乖，养出灵性了。偶尔有一只走远了，大爷爷使个眼色，雨娃便捡块石头，朝着羊头前面的空地扔去。羊一惊，回头就入群了。刚开始，雨娃胳膊上无力，扔不准。一周后，也能扔个八九不离十。

雨娃妈照例每天烙两张饼，但天天剩一张，另一张有时也吃不完，狗啃狼撕过一样。

瓜娃偶尔也能早起。其余几日，快接近中午了，才晃晃悠悠地跑到河湾里来。

"雨娃雨娃，你别生气。我瞌睡多，才醒来。都没吃早饭呢。"

雨娃撕给瓜娃半张饼：

"我生什么气？你是没紧箍咒的孙猴子，谁管得住？"

"我看倒像是猪八戒。"大爷爷吐口烟，慢悠悠地说。

雨娃一听，扑哧笑了，瓜娃看雨娃笑了，自己也笑了。

半张饼，瓜娃几口就吞了，然后盯着雨娃的布袋。雨娃嘟囔道：

"另一张囫囵的饼，我得留给我妈。你别急，今天有好吃的。"

虽然是秋日，正午的太阳也有三分毒。爷孙三人便挪到树荫下，开起灶来。三人分工明确。大爷爷去河湾边的地里挖几个土豆。瓜娃负责捡柴禾，枯木枝、干树叶、麦秸等，只要能烧着就行。雨娃心细，用大小不一、形状各异的石块垒个中空的小窑。一切就绪后，先拿点麦秸在小窑里点火，等烧起来了，再投入别的柴禾。片刻后，火就旺了，细小的火苗穿过石缝往外蹿，像只被困住的小兽。等柴禾烧完了，小窑也烧红了，便把土豆放进窑里，然后用土将小窑封起来。大约等二十分钟的样子。这期间，两个小的坐立不安，口水吞得咯噔响。大爷爷仍慢悠悠地抽烟锅，露出胸有成竹的微笑。

时间一到，三人用树枝拨开小窑，从石块中找出烧得焦黑的土豆。大爷爷不急，等着土豆自然变凉。瓜娃可等不了，虽烫得龇牙咧嘴，仍是揭开了那层焦黑的皮。于是，一股土豆的醇香，蛇一般钻进了大家的鼻孔。两个小的吃得陶醉极了，仿佛手中拿着世上最美味的食物。

偶尔也会烤玉米，那又是另外一番风味。除此之外，大爷爷的口袋也很神奇，今天掏出一把豆豆糖，明天掏出几个红果子，后天又掏出了爆米花。

娃子们吃饱了，便琢磨着玩。或爬树，或赛跑，或摔跤，或给羊起名字。"角魔王""花头子""小黑蹄""短尾巴"等等，雨娃挖空心思，也没有给二十一只羊起全名字。他索性想，日子长着哩，以后慢慢起，总有起全的那天。

到这时，羊差不多吃饱了，就有不安分的公羊开始"斗战"。只见两只公羊双角相对，仿佛世代死敌，谁也不让谁。突然，它们同时起蹄，高高跃起，随后硕大的羊角，势大力沉地砸在一起，碰撞出沉闷的巨响。如果两只公羊实力相当，整整能斗半个小时。这时候，雨娃是不敢干预的。若是多管闲事，公羊就会调转目标，朝着雨娃开火。那次，瓜娃不明就里，莽撞上前想主持正义，公羊便把角对准了他。吓得瓜娃面如土色，撒丫子就跑。公羊紧追不舍，眼见着撞上了。就在这千钧一发之际，大爷爷扬起皮鞭，救了他。瓜娃侥幸脱险，望着雨娃嘿嘿傻笑。

大爷爷也笑了，暗想：瓜娃这"傻"，到底是福还是祸？

玩累了，大爷爷接着讲先人们的故事，也讲村里人的故事。雨娃在故事里，渐渐拼凑起了祖辈的模样。也在故事里，重新认识了村里人。

雨娃很纳闷，一个人怎么会经历那么多的事？他不懂什么是命运，也不知道灾难从何而来。大爷爷嘴里的故事，好像都是老天爷定好的，那人们为什么又要挣扎呢？为什么不甘心呢？雨娃想不明白，越想越糊涂。大爷爷看出了雨娃眼中的疑惑，他忽然觉得给孩子们讲这些太沉重了。于是安慰雨娃：

"娃子，没啥！人到这世上走一遭，就是来受苦的。穷是苦，富也是苦；男是苦，女也是苦；老光棍是苦，养儿引孙也是苦。正因为这苦，才活着有滋味，才想活。娃子，是不？"

雨娃没听懂，不知道如何回答。他悄悄想，我怎么没有感觉出"苦"？放羊就很开心呀！

言语间，太阳已经西斜了。已是一日之末。

"抽完这一口，就该回了。"

雨娃低头一看，大爷爷的烟袋已经瘪了。

现在正是一天中最美的时候。

一轮通红的圆日，赤裸裸地悬于西天上，挥洒出万丈金光。一刹那，天地便换了模样。河湾里的一切恍若被赋予了灵性，连枯草都重新焕发出生机。夕阳落在羊身上，羊也抬起头，宁静地注视着远方。这是个神圣的瞬间，秋日里所有的萧条与荒凉都消解了，天空显得格外空旷。

辉煌的光影里，大爷爷沉默不语。他缓缓地吐出最后一口烟，这烟漫过他的鼻子、眼睛，再绕过额头，最后消散于夕阳中。

终于，仅剩的一点红日，也被大地吞噬了。又是一刹那，天地黯然失色，万物失去魔力。河湾逐渐昏暗，河湾外一片苍茫。

大爷爷颤巍巍地站起来，似乎又老了一些。他甩起皮鞭，凌空抽响。羊群在啪啪的皮鞭声中，汇聚在一起，朝村子走去。

第三章

"太阳"走了

01

这一日雨娃放羊归来,刚进门,就听到屋里传来熟悉的声音。

是爹!

雨娃又惊又喜,连忙扑向屋里。果然是爹。爹变黑了,眼睛可亮得出奇。他一把抱过雨娃,一双有力的大手,在雨娃身上乱捏:

"嘿!听说我的娃子会放羊了,我看看身上长劲儿了没有。"

说罢,用满是胡茬的嘴亲雨娃。雨娃的脸被扎得生疼。爹稀罕雨娃的方式,总是粗鲁又直接。雨娃有一肚子的话想对爹说,却不知从哪里开口。这么久没见爹,他竟然有些害羞哩。

雨娃妈转出转进,她已张罗了一桌好饭。看得出妈非常高兴,脸红扑扑的,醉了酒一样。

"猜猜爹给你带什么了?"

说罢,雨娃爹像变戏法一样,从后腰里抽出来一沓童话书。雨娃兴奋得直蹦。这些童话书每一本都是崭新的，颜色鲜艳极了。只是雨娃还不认识上面的字。

"爹，这本是啥书？"

"《小红帽》。"

"这本呢？"

"《丑小鸭》。"

"那这本呢？"

"我看看，嗯……《穿化子的猫》。"

雨娃妈望了一眼，笑道：

"是《穿靴子的猫》。"

"对对对！是'靴子'，不是'化子'。还是你妈有学问。"

三人相视而笑。雨娃心里很暖，他从未在爹面前说过任何关于书的事。他知道家里不宽松，所以就算再喜欢，也悄悄埋进心里，从不曾讲出口。

吃罢饭，天已经黑透了。父子俩一起洗脚，小脚踩在大脚上，黑白分明。雨娃妈爱干净，最忍受不了臭脚丫子上炕，多年来父子俩已经养成了睡前洗脚的好习惯。

雨娃爹这次回来，是带娘俩进城的。他刚发了工钱，明天正好是农历八月十五，他打算带娘俩进城过中秋。雨娃还没有进过城哩，他只从别人的嘴中听过那个地方。

进城的事，使雨娃兴奋极了，他不知道如何表达，只能在炕上翻跟头。爹满足地看着雨娃，隐隐有些后悔，该早点出去打工的。

到了该睡觉的点，雨娃仍没有困意，但他还是乖乖地钻进了被窝。

灯熄了。夜依然浓稠，感觉却不同于以往。因为有爹，屋里不再冷清了，心里也不再空荡荡的。听着爹打雷一般的鼾声，雨娃安稳又满足，笑着睡着了。

后半夜，雨娃被尿憋醒，却听到爹妈在说悄悄话。

"别怕花钱，带娃子开开眼。"

"好是好，只是这钱挣得太辛苦。"

"没事。"

"要不，回来吧？还没到揭不开锅的地步。"

"不行！我一定得混出个人样。听说进城，你看娃子多高兴。"

"苦了你了！双银爹没刁难你吧？"

"没有……就是少发了半月的工钱。"

"为啥？"

"说是新来的，都得压半月工钱。"

"以后会给吗？"

"不清楚。"

"别给娃子说。"

"嗯。"

雨娃没吭声，也没去撒尿，心里隐约有了块石头。

等爹妈又睡熟了，雨娃才小心翼翼地披上衣服，去门外撒尿。

白玉般的圆月高悬于天上，星星稀少，夜空格外空阔。月光清冷透亮，均匀地洒进院子，一切清晰可见。平日里再熟悉不过的院子，此时看来，竟也神秘梦幻，泛着一层银白的光。月下的雨娃，瞳孔中也闪着洁净的银光，像是眼睛里藏着两颗星星。

这泡尿可真长。

深夜的空气，清澈寒冷。雨娃深深地呼吸了几口，想起了大爷爷的话："正因为这苦，才活着有滋味，才想活。"心里的石头顿时轻了些，他转身进了屋，空留下一地月光。

夜，又恢复了寂静，天地间只有风吹枯叶的声音，好似什么都没有发生过。

月光无声地流淌，渗过窗户，漫上雨娃的小脸。他睡着了，忽而微笑，忽而皱眉，不知又梦到了什么。

02

公鸡刚打鸣，雨娃就被妈叫醒了。窗外一片墨蓝，隐约能看见远处的轮廓。

"今天时间紧，你可别磨蹭。"

话音刚落，雨娃嗖地钻出了被窝。他迫不及待地想进城，怎么会磨蹭？

洗了头，吃完饭，再穿上干净的衣服，一家人就出门了。

村子里静悄悄的，偶尔能听见几声狗叫。雨娃一家，先要穿过村子，然后走过大片的田地，再经过无人的荒滩，才能到达公路。然后再在公路上等待进城的小巴。车每天只有两班，上午一班，下午一班，且没有固定的发车时间。什么时候人坐满了，什么时候才走。雨娃妈怕错过第一班，所以尽早出门。

刚开始，雨娃兴头很大，一阵小跑，爹妈就变成了芝麻粒大的小黑点。

"快点！快点！"

雨娃一边招手，一边大喊。声音消失在空旷的田地里，惊起了一群黑色的鸟。

转眼，天就亮了。已经进了荒滩。

这片荒滩是真的荒，没有人家，没有树，更没有水。死寂一片。听说解放前，这里是乱坟滩，埋过不少死人。所以，就算是大白天到了这儿，心里也会瘆得慌。偶尔还会遇到野狗，野狗都饿疯了，个个骨瘦如柴，极为难缠。虽如此，这里却是进城的必经之路，人们没有选择的余地。

此时，荒滩上只有三人的脚步声和轻微的喘息声。雨娃累了，走得左右摇摆，但仍努力跟着爹妈的步子，尽量不落下。他的后背渗出了细密的汗，风一吹，像贴了块冰，渗凉渗凉的。爹想背他，他怕爹累，说自己能走。爹又问他跟大爷爷放羊的事。于是，雨娃把放羊的事，一股脑儿说给爹听。听罢，爹笑着对雨娃说：

"好好跟着大爷爷放羊，那是个大好人哩。"

两个小时的土路，漫长又单调。小小的雨娃，竟也跟下来了。

终于走到公路边了，雨娃坐在路边的树桩上，如释重负。

"进城也不是件容易的事呀。"雨娃暗想。

等了很久，也没见班车。雨娃的肚子开始咕咕响。

"要不，回吧？今天是中秋，班车会不会停了？"雨娃妈问道。

"不会吧，再等等。"雨娃爹也有些忐忑。

又等了很久，路尽头终于出现了一辆小巴。雨娃爹定睛一看，果然是班车。他赶忙上前招手。

上了车才知道，另一辆车昨天就坏在城里了，还没修好呢。今天就这一班车。

雨娃坐在靠车窗的位置上，看着荒滩、田地、村庄、牲畜飞速地倒退，产生了一种奇异的感觉，他有些恍惚，还有些紧张。熟悉的一切，离自己越来越远了。眼前已是完全陌生的景象，它们骤然出现，又一晃而过。

也许是走累了，上车后不久，雨娃就睡着了。进城的这条长路，幻化成一个长长的梦境，留在了雨娃的记忆中。无数变化的光影，透过雨娃的眼皮，组成了一个新故事。

梦醒后，车也停了，天也黑了。雨娃揉揉眼睛，这才明白，已经到城里了。雨娃随父母下了车，一股清爽的风扑面而来。

华灯初上的城市，比任何时候都要迷人。天空将黑未黑，是纯净迷幻的深蓝。雨娃睁大眼睛，好奇地打量着这个新世界。

雨娃爹带着娘俩,经过陌生的人群,穿过陌生的马路,来到一处喧闹的地方。

爹说:"这里是夜市。"

三人坐在一处小摊前,爹给妈点了砂锅,给雨娃点了小笼包子,自己要了一碗炒面。雨娃望着闪烁的灯光,望着彩色的牌匾,望着熙熙攘攘的人群,陷入了一种巨大的梦幻感。他甚至没有多余的念头,甚至感觉不到身体,恍似是一阵轻飘飘的风,误入了一片喧闹。

雨娃从未吃过如此美味小巧的包子,他拿在手里舍不得咬,咬在嘴里舍不得嚼,嚼碎之后舍不得咽。他生怕这一切是个梦,不小心一戳,就醒了。

一笼包子,是禁不住吃的。看着最后一个,雨娃还是后悔吃得快了。妈妈砂锅里的鸡腿,留给了雨娃。雨娃不要,非让妈妈自己吃。娘俩互相推让着。爹不说话,笑吟吟地看着。雨娃拗不过妈,小心翼翼地将鸡腿吃了。太香了,简直香到脑子里了。

吃罢饭,三人继续逛夜市。爹将雨娃高高地举起,让雨娃骑在他的脖子上。嗬!眼前豁然开朗,没有任何阻挡。雨娃自在地看着众人的头顶,感觉心旷神怡。

夜市上什么都有,雨娃坐得高,看得也真切,很快便看花了眼。尤其是玩具,别说见过,连想都没有想过。带电的、闪灯的、会跑的、会变的……其中有个透明的陀螺，一旦旋转起来，就会闪烁出彩光。那彩光变幻莫测，全进了雨娃的眼睛，他久久地凝望着，连眼也不眨。雨娃在彩光里看见了星空，看见了大海，看见了无数神奇的美景……那彩光里藏着一个新世界。

路过酸奶摊，爹将雨娃放下来，给他买了一瓶酸奶。酸奶瓶是要回收的，只能在原地喝。卖酸奶的老奶奶很慈祥，她笑着对雨娃说：

"娃娃慢慢喝，奶奶不着急。"

酸奶冰爽极了，味道很奇妙，说不出的好喝。趁着雨娃喝酸奶的间隙，爹走开了。等酸奶快喝完了，才回来。他递给雨娃妈一个热乎乎的袋子：

"这是毛栗子，刚出锅，你肯定爱吃。"

在雨娃眼里，夜市是个神奇的地方。他惊讶地发现，原来夜晚不只是冷清和寂静，还可以这般繁华与喧闹。他想起了村子，也想起了瓜娃和大爷爷，却感觉那个世界遥不可及，仿佛是上一辈子相识的人与事。雨娃还觉得自己像个闯入者，像故事中讲的那样，某个凡人无意间闯入了仙界。

三人离开夜市，又来到广场。广场上有很多精致的建筑，建筑上都亮着灯。这些灯更奇特，也更漂亮。雨娃昂着头，快看晕了。不远处，有个照相的摊位。雨娃爹带着娘俩过去，想照张相。这是雨娃第一次照相,他有些紧张。找好位置后,爹将他抱起,妈给他整理好衣服。

"笑一个!好喽!就这样!"

闪光灯一闪,照相机咔嚓一声,将这个绚烂难忘的夜,留了下来。

……

可惜,夜太深了。雨娃努力睁开迷离的双眼,眼中闪过一个又一个霓虹灯。他看到霓虹灯的尽头,有一轮皎洁的圆月。

03

城里的那个夜晚,让雨娃念念不忘。每晚入睡前,他都要将那晚的经历仔细地回味一遍,然后拿出那个透明的陀螺,轻轻地旋转起来。是的,雨娃爹偷偷将那个陀螺买了下来,在雨娃回乡的时候,给了他一个巨大的惊喜。

于是,黑暗的夜在彩光中活了。窗户、高低柜、沙发、火炉……当旋转的彩光从它们身上掠过时,它们都活了,投出一个个飘忽不定的影子,仿佛在无声地狂欢着。雨娃沉浸在陀螺的彩光中无法自拔,就像沉浸在一个梦里不愿醒来一样。但陀螺总有停下的那一刻,就像梦总会醒来。陀螺一旦停止,所有的彩光瞬间熄灭，浓稠的夜重新降临，甚至比之前更黑。雨娃在这样的黑暗里怅然若失，呆呆地坐着。

白天，雨娃也时时挂念着城里的爹爹。爹答应他，等翻过年，到正月十五，他再带雨娃进城。那时候，满城会挂起各式各样的花灯，才叫一个好看哩。

雨娃仍跟着大爷爷放羊。

那日下午，他和瓜娃在放羊的间隙打麻雀。嘿，瓜娃虽然脑子不灵光，可弹弓打得真好，一下午竟打到了两只麻雀。瓜娃自己留了一只，给了雨娃一只：

"雨娃，回去给你妈熬汤，能熬白白的一锅，我妈说补得很。"

于是，雨娃把麻雀搁到裤兜里，领着羊群逍遥地往家走。麻雀还热乎呢，靠肉皮的地方又软又暖，像捂着月儿姑姑的手。月儿姑姑的手又软又绵，没有骨头一般。手和手是不一样的。妈妈和姑姑的手就不这样，她们的手长满了茧子，摸雨娃的背时，就像扫帚划一样。

今天回得早，雨娃进村时，日头才挂在白杨树的半腰里。它把雨娃的影子扯得又长又滑稽。雨娃才没工夫和影子较劲呢。他要赶紧回去给他妈熬麻雀汤。不过，这时候的村子很热闹，各种味道正开会呢。别人家的羊也刚进了圈，羊尾巴后面尘土飞扬，还夹着羊粪味，直往雨娃的鼻子里钻。再往前走，是白狗家的猪圈，那老母猪一身懒肉，比牛犊子还大，猪粪也格外臭。雨娃捏着鼻子，快走了几步。路过来福家时，雨娃打了个喷嚏，来福妈正炒辣子呢。这味道又尖又刁，红头公鸡一样，逮谁啄谁，绝不放过。到家时，什么味道都没有了，冷清清的。雨娃咯吱一声推开了门。最后一缕阳光，从房檐上消失了。

院子里冷寂寂的，没有任何动静。雨娃掀开门帘，进了屋。屋子里没有开灯，很暗。炕沿上坐着一排人。小窗户里透进青灰色的光，落在这些人的脊背和头发上，有种深沉的诡异。雨娃看不清楚他们的脸。

片刻后，雨娃的眼睛适应了屋里的暗，才看清楚这些人。有大奶奶、小舅爷爷、队长，还有双银爹。雨娃前脚进，大爷爷后脚就到了。所有人都耷拉着眼皮，紧锁眉头，一脸悲苦，似一尊尊刀刻斧凿的石像。看到雨娃进来，人们的头埋得更低了。

雨娃透过人缝，看见了炕上一脸眼泪的妈。他心里一惊，忙冲过去，钻过人缝上了炕。妈的眼肿了，被泪水淹了个透。

"唉！嫂子，没法说啊。"

双银爹开口了。说罢，他点了根烟，深吸几口。

"事情已经发生了，活人总得接着过日子……工头给了两万块钱，还有之前压的半月工钱，我一并放在柜子上了。"

这声音虽低沉沙哑，却如鼓槌般敲砸在雨娃的心上。他咽了口唾沫，耳膜嗡嗡直响。

谁能想到，在这个秋天的最后一日，雨娃爹出事了。那日中午，雨娃爹出奇地困，整个人迷瞪不清，于是躺在建筑工地一处废弃的棚里睡觉。意外就这么发生了，没有任何预兆。

雨娃爹的这一觉没有醒，听说他脸上还带着酣睡的神情，没有一点儿痛苦。

04

其他人是什么时候走的，雨娃已经没有印象了。屋里除过妈的抽泣声，沉寂得像座坟墓。妈一直在哭，两道泪痕明晃晃的，像黑暗中的两道伤疤。窗户里青灰色的光越来越弱，最后被黑暗吞噬了。

妈的状态，让雨娃有些害怕。他知道发生了极坏的事情，但他不敢问，也不敢劝。他蜷在炕角，恍惚间觉得自己在不停地缩小，直到缩成了一只阴影里的虫子。偶尔有家具咯吱一声，惊雷一般。雨娃看着暗暗的屋顶，压抑又悲凉。他想，快些过去吧。

夜，沉重而冰冷。雨娃没有开灯，也不敢开灯，他无法面对妈妈，无法面对那个隐约的可怕的事实。雨娃觉得屋子在黑暗中坠落，无休止地坠落，一直坠落到地缝的深处，坠落进一个永世不见光的洞窟里。

"嘀嗒、嘀嗒……"黑暗里的钟表声，像一阵由远及近的脚步声。

那是谁？

雨娃捂着耳朵不想听，可这嘀嗒声，仍穿过他的手指，在他心上响一声扎一针。

怎么办啊？怎么办啊？怎么办啊？

半夜里，院门响了，紧接着刺出一声撕心裂肺的号叫：

"哥啊——哥啊——"

姑姑来了。

两个女人趴在炕上哭了一夜，一个默默流泪，一个从嗓子里扯出尖锐悲绝的号叫。这号叫冲出窗户，化为夜鸟，击碎了满天憔悴的月光。

屋子里自始至终都没有开灯，黑暗湮没了一切。

"爹——爹——爹——爹——"

雨娃蜷缩在炕角，无声地叫了一夜。

眼泪像条呜咽的小河，流进了夜的最深处。

05

哭了一夜，雨娃妈和姑姑咬紧后槽牙，擦干了眼泪。事情还没有结束，她们得把雨娃爹接回家。

大奶奶说：

"丫头，要不别去了？路途远，托个人也行。"

雨娃妈摇了摇头，哽咽了许久，哑着嗓子说：

"大……妈，别人我不放心。再说，我想看看他活过的地方。"

大奶奶搂紧雨娃：

"唉，那就去吧。路上多操心，雨娃子我给你看着。"

离上次进城，不到两个月时间，竟是天上地下。长长的路，雨娃妈一口气没有歇，一口水也没有喝。两个女人摇晃在进城的班车上，看着窗外飞逝的尘烟，深陷在浓稠的沉默中。

太阳即将落山时，两个女人回来了。一个背着包袱，一个抱着盒子。她们的影子憔悴不堪，仿佛是由一堆碎瓷拼凑的。这时节，庄稼都收割完了，空荡荡的田地上，只有风悄悄地吹过。

村子里也静悄悄的。这是短暂又漫长的一天，没有人知道这两个女人经历了什么。也难怪，生老病死本就是这世间最寻常的事。

06

此后的几日，都是黑夜。雨娃在自家院子里，孤魂野鬼一般游荡，看尽了人世悲欢。

妈抱来了一个盒子，说里面是爹。雨娃不太信，他爹壮如犏牛，怎么可能盛到这么小的盒子里？后来，院子里拉来了一口棺材，大爷爷亲手将盒子放进了棺材里。雨娃仍不信，他总觉得爹躲在暗地里，随时会冲出来告诉大家，这不过是个玩笑。

钉棺材的时候，姑姑鹰一样扑到了棺材上，指甲在棺材上抠下了一道道血印。比指甲更揪心的，是她的号叫。虽然这号叫已经不尖锐了，沙哑得跟乌鸦笑一样。后来的几年中，雨娃梦中总有这样的号叫，这号叫升上天空，融入阴云。

雨娃也不敢看妈妈的脸了。那张脸上的泪总是流不完，明晃晃的。雨娃看一眼，心里就疼一阵，后来真不敢再看了。

雨娃又跌入了一种巨大的幻觉，他眼前闪烁过无数画面，每一张画面里都有爹。他走到哪里，爹就跟到哪里。他跳一下，爹也跟着跳；他转个圈，爹也跟着转。

大奶奶看了看雨娃，用手巾拭了一下眼角说：

"可怜死了！你看看，娃子都吓傻了。"

天空像蒙了一块黑布，没有月亮也没有星星。

这院子已经不是雨娃熟悉的院子了，这是另外一个世界，朦胧、迷幻并且悲伤。

雨娃无处可去。他看着院子里巨大的灯泡，还有熙熙攘攘的人群，突然间觉得这一切如此不真实，如一场漫长又逼真的梦，但他却身在其中，无法自拔。

07

也不知夜多深了，丧事正式开始。道爷们出来吹唢呐。唢呐声一响，院子里的味道就变了。

尖锐悲凉的唢呐声，一下蹿进了雨娃心里，像浇了一瓢冰凉的水。他隐藏已久的悲伤，突然爆发了，眼泪止不住地往外流，怎么也擦不干净。雨娃很想大声号几声，像姑姑那样。可他的喉咙深处，总噎着一团东西，怎么也发不出一声。

发丧的仪式很复杂。道爷们吹一阵唢呐，念一阵经，就这么反复着。院子里越来越吵，人们熙熙攘攘，交谈、抽烟、喝酒、吃瓜子，跟看大戏一样。

次日凌晨，天还未亮，棺材就出了门。村子里很阴冷，偶尔有只狗胡乱叫一声。雨娃走在棺材前，他的脑袋很昏沉，耳鸣不断，腿像灌了铅一般重。棺材到了河湾里，那里早已经挖好了一个深坑。棺材吊进了深坑，一锹锹黄土渐渐埋住了棺材。雨娃有种窒息感，他想：这次爹爹可能真回不来了。

这场丧事，是一场又稠又黏的梦，而雨娃魇在其中，怎么也醒不过来。等雨娃彻底醒过来时，一切都结束了。道士们不见了，亲戚们回了，村里人散了，爹已经埋了。好像一切都没有发生过。

天仍是阴冷，没有太阳。院子里空落落的，显出一种从未有过的破败。一阵倒旋风掠过，卷起的土迷了雨娃的眼，他用手不停揉着。

雨娃妈摸着雨娃的头说：

"从今往后要听话，只有我们娘儿两个相依为命了。"

雨娃昂起头问：

"妈，人死了会怎么样？"

雨娃妈忍住眼泪,望向远处:

"人死了,就再也见不着了。"

08

发送完雨娃爹,雨娃妈就不怎么出门了。一夜之间,雨娃妈老了十岁,眼窝深陷,双目无神,干瘦的脸蜡黄蜡黄的,水分都被眼泪榨干了,朽木头一样。几天时间,她的额头上爬满了刀刻般的横纹,头发也白了一半。整日里不说话,呆滞着脸,好像在思想着什么事,又好像什么也没有想。

雨娃爬上屋顶,坐在屋檐上,盯着进城的那条小路出神。有时候,一坐就是大半天。这里是雨娃的避风港,他俯瞰着初冬的乡村,目送着匆匆行走的人们,望着远处灰蒙蒙的天际线,突然萌生出一种感觉,觉得这一切都好陌生,陌生到与自己毫无关系。在这里,没有人打扰雨娃,也没有人找他。他像被遗忘了。这样也好,至少不用再承受别人怜悯的目光,不用听那些牵强的话。这些,都在提醒他那个事实。而那个事实,雨娃不愿意回忆,不愿意触碰。一碰,就是钻心地疼,疼得雨娃整夜整夜睡不着觉。

雨娃爹走得太突然,没有留下一句话,甚至连一个告别的眼神都没有。偶尔间，雨娃也会恍惚，他质疑着发生的一切，认为是误会，是恶作剧，是逼真的噩梦。他狠狠地掐着大腿，奢望噩梦结束，一切能恢复原来的模样。可回应他的，只有西北风的哀叹。

09

雨娃爹走后的第七个月，雨娃妈终于缓过了劲儿。她明白，雨娃还小，生活总得继续。

那段日子，姑姑也常来家里。村里人都说：

"哪里是姑嫂？明明是亲姊妹么。"

姑姑一来，雨娃就很高兴，因为妈妈会说很多话，还会笑。雨娃就可以心安理得地去外面玩了。可是后来，姑姑来得越来越少，来了也不久待，匆匆忙忙就走了。村里人又说：

"姑嫂就是姑嫂，毕竟不是一个包袱里抖下的。"

雨娃也纳闷，问他妈姑姑怎么不来了，妈妈说：

"嫁鸡随鸡，嫁狗随狗，人家的人了，凡事由不得自己。再说，都好几年了，你姑也没有生下个一男半女的，你姑爹整日黑着个脸，天天出去打麻将。自家的日子都过不安生啊。"

再后来见到姑姑，雨娃就说：

"姑，你赶紧生个娃吧。生了就能常来我们家了。"

姑姑笑笑，摸摸雨娃的头，什么也没有说。

雨娃逐渐适应了没爹的生活。虽然偶尔想起来仍然很难过，但时间慢慢疗愈着他内心深处那些渗血的伤口。只是那个透明的陀螺，雨娃再也没有拿出来过。它静静地躺在一个隐秘的角落，任时光的灰尘将它掩盖。

曾经弱不经风的雨娃，开始像个大人一样干活。他填炕、拉水、摘菜、喂鸡，样样拿得下来。除此之外，雨娃常会去红柳林里摘叶子。放羊时摘，不放羊时也去摘。站在红柳林里，雨娃的目光穿越大片草滩，能从众多的坟里一眼找到爹爹的坟头。他隐约有种感觉，坟里似乎有双眼睛，透过厚厚的黄土，正温暖地看着他呢。

雨娃把红柳叶带回家，仔细晾干，再放到砂锅里小火熬，熬出浓浓的一碗，然后吹凉了，端给妈妈喝。坚持了一段日子后，妈妈的风湿病果然有了好转的迹象。人人都说雨娃妈养了个好娃子，板凳高的一点人，就知道孝顺妈了。

一切都改变了，又好像一切都没有变。

10

雨娃爹并不是村子里唯一离开的人,他走后不久,双银的瞎爷爷也不在了。

年年都有新出生的娃娃,也有入黄土的老人,不稀奇。

瞎爷爷是什么时候死的,没有人清楚。雨娃想了好久,才隐约记起他。瞎爷爷一辈子默默无闻,没有人关心他,也没有人在乎他。唯一引人注意的一次,竟是因为自己的死。他住的那间老猪圈太破了,摇摇欲坠了好几年,终于撑不住,塌了!猪圈里的瞎爷爷被埋了个严实,等人们将他挖出来时,已经死了。围观的人唏嘘不已。

雨娃也跑去瞧。人围满了。他左搡右挤,滑鱼儿一样钻了进去。双银的瞎爷爷已经被布盖上了,只露出一双脚,一只有鞋,另一只光着。

双银爹从城里匆匆赶来。他的瞎爹爹自从几年前被他老婆撵到老猪圈里,他就知道有这一天。

双银爹按规矩请了道士,给瞎爷爷发丧。发丧那夜,村里人都去了。雨娃娘儿俩没有去,俩人洗完脚,上了炕,熄了灯，准备早点睡觉。

雨娃躺在炕上，听着远处传来的唢呐声，问妈妈：

"妈，人都会死吗？"

"嗯，所有人都会死的。"

"有没有不死的人？"

"应该没有。"

"既然都会死，那活着还有什么意思？"

"你吃饱饭还会饿，那你还吃不吃？"

"当然吃呀。"

"对啊！"

雨娃似懂非懂，想了一会儿又问：

"妈，你说爹死后去哪里了？"

"你爹是好人，肯定成神仙了。"

"我想让我爹还当人。"

"为什么？"

"那我可能会见着他。"

"他不会记得你的，你也认不出他。"

"不要紧,只要他还在就好。"

听完雨娃的话,妈妈转过身去,眼泪悄悄地流了出来。

这个夜晚,雨娃睡得特别安稳。

远处的唢呐声仍在呜咽,却没有惊醒雨娃的好梦。

第四章

胸膛前的"红花花"

01

转眼,雨娃该上学了。乡下的孩子,上学都迟。开学前一个月,姑姑送来了书包和学费。雨娃偷瞄了一眼姑姑的肚子,比原来还平。雨娃叹口气摇摇头,然后挎着新书包找瓜娃去了。瓜娃比雨娃大两岁,不过和雨娃一个班。这个小学,一个年级就一个班,学生都是附近村子里的。

其实,学校就在雨娃家隔壁。他每天都能听到琅琅的读书声,还有课间的吵闹声。假期里,他也曾偷偷翻过墙,到校园里四处逛逛,或趴在窗户上看黑板和课桌。偶尔,他也会幻想,未来会在哪间教室上课,会坐在哪个座位,老师会不会很严厉,同学会不会喜欢他……假期里的校园空荡荡的,只有风吹树叶的声音。

如今,雨娃终于要上学了,他得找人分享这梦想成真的喜悦。

瓜娃摸着雨娃的新书包,流着涎水:

"跟新的一样,这么多颜色,好看得很。"

雨娃得意地望了瓜娃一眼:

"本来就是新的,我姑专门给我缝的。我姑的针线活好,那是出了名的。"

瓜娃笑着把眼睛眯成一条缝:

"雨娃哥,借我背两天呗,行不行?我的这个都背了三年了。"

雨娃瞥了一眼瓜娃的书包,黑乎乎油腻腻的,很多地方都磨烂了。

"那不行。你的太破了,干脆让你妈给你缝个新的。"

"这个主意好。"

小学一年级,瓜娃上了三年。白狗奶奶好心对瓜娃妈说:

"媳妇子,瓜娃这学就别上了,这不是浪费钱么?供养一个学生,也不容易哩。"

听到这话,瓜娃妈的脸色微微变了,不过很快恢复了正常:

"在家里也是闲待着,还得有个人专门操心。不如到学堂里随娃子们玩起。也不指望他念多少书,有个事干就成。"

当天夜里,瓜娃家里噼里啪啦,尽是砸碟子摔碗的声音,偶尔还夹杂着一声气急败坏的咆哮。村子里静极了,好事的夜风把这声音传出了好远好远。一直闹到了半夜,最后刺出了一声尖叫：

"贼爹爹，我死给你看——"

然后所有声音都寂了，如同被雨水浇灭的灰烬。

次日，瓜娃心有余悸地给雨娃说：

"你不知道，我爹喝了两口酒，蹲在炕上，脸红脖子粗，鼻子里像挨宰的牛一样喷粗气。不过，我妈不怕他，硬是要让我上学。其实，我也不想上学。但我妈说，不上学我就真傻了。"

雨娃问：

"最后你妈号了一声，骂了句'贼爹爹'，怎么就没声响了？"

瓜娃咧嘴一笑：

"我妈拿了剪子，要戳胸膛哩。我爹脸都吓白了，啥都同意了。每次吵架打仗，最后都是这一招。嘿嘿。"

于是这个秋天，雨娃和瓜娃都坐到了一年级的教室里。

这群刚上小学的孩子，都抑制不住兴奋的心情，如一群麻雀，叽叽喳喳个没完。雨娃看着一张张陌生的笑脸，看着窗外的树影，看着树影间的蓝天，不由自主地想：若是爹能看到我上学，他该有多高兴呀！

上课铃正式响了，孩子们快速坐好。紧接着，一位年轻的女老师进了教室。雨娃又惊又喜，竟然是月儿姑姑。月儿姑姑微笑着，她也看到了前排的雨娃。

"大家好，我是你们的班主任陈如月。大家可以叫我月儿老师。"

"月儿老师好！"

"我们现在开始点名，听到名字的同学大声喊'到'。"

"陈建涛。"

"到！"

"陈金柱。"

"到！"

……

雨娃认真听着自己的名字，小心脏怦怦直跳。

"陈雨娃。"

"到！"

下课后，月儿老师把雨娃领到办公室，给了他一个橘子：

"哎呀，雨娃长大了。上学好不好？"

"好。"

"以后可不能叫'姑姑'了,得叫'老师',知道吗?"

"知道。"

"要好好学习,让你妈高兴。好了,去玩吧。"

雨娃出了办公室,忽然听到一声雁鸣。他抬头望,清透高远的蓝天上,正有一队大雁飞过。

02

一天中午放了学,瓜娃拉住雨娃,贼兮兮地说:

"吃过饭早些来,我有好东西。"

雨娃回到家里,胡乱拨拉了几口就出来了。他暗想,大人们都说瓜娃脑子烧坏了,怎么有些事比我还贼?正想着,瓜娃就来了。他们俩悄悄翻进了学校,朝操场走去。这时候学校里没有人,显得格外安静。瓜娃从口袋里掏出来两节一号电池,雨娃眼睛一亮问:

"哪来的?"

瓜娃说:

"我爹提拎回来一个大收音机。电池是我从里面抠的,还有两个哩,明天再去拿。"

说罢，俩人各自找了块石头，开始砸电池。他们先把电池砸扁，再砸烂，然后全部剥开，最里面有个小碳棒，可以在地上写字画画。俩人费了好大劲儿，终于拿到了小碳棒，可是碳棒在土地皮上画不清楚。雨娃忽然想到，老师们办公室前的台阶是水泥砌的，在那上面写字肯定清楚。

俩人在水泥台阶上写了一中午，雨娃写的是新学的课文，他早背会了。瓜娃刚开始还写了两个字，后来干脆胡写乱画。写烦了，他俩便把碳棒收好。这时候，别的学生开始进校了。

下午是两节语文课。也许是没睡午觉的缘故，课堂上雨娃昏昏欲睡。他朝后面瞄了一眼，瓜娃坐在最后，趴在桌子上早睡熟了，涎水把课本都渗透了。就在这时候，瓜娃忽然打起了鼾，全班都笑了。这一笑，惊去了雨娃大半的睡意。月儿老师也浅浅一笑，然后故作正经：

"哪个同学？怎么还打鼾呢？"

同学们都争着回答：

"是瓜娃，他脑子不太好。"

教室里嘈杂一片，这时候门忽然被推开了。地上出现了一个肥壮的影子，是副校长。雨娃认识他，可不喜欢他。副校长住在邻村，原来教体育课，后来和领导关系好就成副校长了。

副校长站在讲台上，教室里一下静了。他故意咳嗽一下，然后问：

"是谁在办公室前面的台阶上写字呢？"

雨娃心里一惊，想道，莫不是要表扬我呢？课余时间学习，默写课文，字也写得不错。副校长又问了一遍。雨娃犹豫不决地站了起来：

"是我。课文是我默写的，我都背会了……"

他话还未说完，副校长的耳光黑云压顶般扇了过来。啪一声，清脆响亮。只一下，便扇倒了雨娃。雨娃的眼泪一下冒了出来，朦胧中全是桌子腿。他的耳朵嗡嗡直响，脸上刺疼，脑子里混沌一片。

"碎贼！小小年纪不学好，把光溜溜的台阶子画成什么了？谁给你教的？"

副校长破口大骂。雨娃看见自己的胸膛上，开出了一朵又一朵鲜红的花。他这才发现自己流鼻血了。雨娃咽了口唾沫，又腥又咸。

月儿老师吓得尖叫了一声，赶紧去扶雨娃。

"去！把鼻血洗干净，然后把台阶擦干净。如果留下一点点黑印子，有你好看！"

说罢，副校长消失了，跟他来时一样突然。

月儿老师赶紧拉着雨娃去洗鼻血。出教室时，雨娃回头看了一眼，瓜娃仍趴在桌上睡呢。

月儿老师仔细地给雨娃洗去脸上的血，让他把沾上鼻血的衣服也脱下来。雨娃扭捏不脱。月儿老师说：

"别害羞，只洗有血的地方。一会儿老师拿吹风机吹，很快就干了。"

雨娃怕妈妈看到衣服上的鼻血心疼，于是将衣服脱了下来。

月儿老师眼里含着泪，气鼓鼓的，一边洗衣服一边不停地重复道：

"怎么可以这样？怎么可以这样？"

03

副校长的耳光，让雨娃晕昏了好几天。他走路总觉得头重脚轻，好几次差点撞到电线杆上。耳朵里也钻进了一只蜜蜂，整日嗡嗡个不停，听人说话也闷声闷气，耳朵上好似蒙了层牛皮一样。尤其鼻子让这一耳光扇松了，再也没有以前那么牢靠，稍微一碰就流血。雨娃这段时间做啥事都提心吊胆，小心翼翼地呵护着自己的鼻子。老人们说，血流多了会死人的。挨耳光那天晚上，雨娃困极了，可强撑着不睡。他从来没有流过那么多血，生怕一睡着，第二天就死了。可他在睡意的沼泽中越陷越深，最后终于沦陷了。

第二天一早，雨娃惊慌失措地醒了，狠狠地懊悔了一阵，才发现自己还活着。他舒口气想：我可不能死，我若是死了，妈就真没活头了。

老师办公室前的台阶上，雨娃整整趴了一个下午。他用旧布拼命地擦，生怕留下半点污迹。老师们进进出出，无暇顾及这个瘦弱的孩子。雨娃脖子酸极了，但不敢抬头。各种各样的鞋子在雨娃眼前出现，然后又离开。雨娃闻着台阶上的土腥气，觉得自己低贱极了，都不如一双破皮鞋。

后来月儿老师发现了，她让雨娃别擦了，回去上课。雨娃没吭声继续擦。月儿老师没办法，只好亲自将他送回了教室。

放学了。学生走了。老师们回家了。校园里寂了。天色暗了。雨娃又趴到台阶上擦自己写的字。

擦呀擦，不知过了多久，终于擦干净了。雨娃这才翻过身，躺在台阶上，缓一缓已经坚硬的脖颈。暗蓝色的天幕上，缀上了几颗星星，几缕薄薄的云，漫无目的地飘荡。风缓缓地吹过雨娃的脸颊，他觉得自己又活过来了。

雨娃没有告诉妈妈挨打的事。

第二天，雨娃一大早赶到学校，再次检查水泥台阶。有一两处印子，怎么都擦不干净。雨娃有些忐忑，上课时心神不宁，眼睛老往教室门上瞅，生怕副校长再次破门而入。

接下来几天相安无事，雨娃悬着的心慢慢放了下来。

倒是瓜娃鼻青脸肿地来上学。没人的时候，他把衣服卷起来给雨娃看，他的胳膊和背上印着几个鞋底印，摸起来有棱有角的。原来，瓜娃爹收音机里的电池是新买的，一盘磁带都没有听呢，就被瓜娃砸烂了。瓜娃憨憨地笑了，他安慰雨娃：

"放心，我没有把你供出来，只说是我一个人砸的。"

说罢，瓜娃摸索出来一袋方便面调料包，小心翼翼地撕开，倒在手心里，递到雨娃面前：

"我妈给我买了一袋方便面，我偷偷给你藏了一包调料，你先舔。"

雨娃用舌尖沾了一点，咸辣咸辣的，真好吃。他上次吃方便面时，爹爹还在呢。那味道真是香到脑子里了。雨娃舔罢，瓜娃又狠狠舔了一口。他辣得直咂嘴，清鼻涕都流出来了，晃晃荡荡，像个逃兵一样。不过，这鼻涕逃兵哪抵得上瓜娃司令的手段，他轻咬舌尖，龇起嘴唇一吸，眨眼间这逃兵就归位了。雨娃暗暗想：我长大以后挣了钱，买了方便面，肯定先让瓜娃吃。

这事就这么过去了。但副校长却变成了一个阴影，住进了雨娃心里。他怕极了这个野猪一般肥壮的男人。平日里，只要在学校里面遇到副校长，雨娃就浑身哆嗦。他低着头，缩着脖子，如老鼠一般把自己藏起来。好在副校长很少注意到他，或许他根本不知道，他已经变成了一个孩子的梦魇。

雨娃并不知道，月儿老师为他专门找了副校长。月儿老师告诉副校长，如果他以后还敢这样打学生，她就告到县教育局，说他虐待学生。若是县教育局不管，她就告到市教育局。总之，让他这个副校长当不成。

后来，雨娃再也没有挨过副校长的打，估计与此有关。

再后来，副校长被调走了。

04

不知不觉间，天越来越冷。一场秋雨淅淅沥沥地下了好久。雨一停，叶子全落光了。雨娃看着门前光秃秃的树，心里惦记着一件事：再过几天，就是爹的一周年。

这一年，既漫长又短暂。雨娃终于从泥沼般的噩梦里醒过来。他不得不接受发生的一切。无数个夜里，他都梦见远处的沙漠如翻滚的洪流，将他的世界完全淹没。于是，他和他的村子消失了，就像从来都没有存在过。爹不在了，雨娃失去了离开村子的可能，失去了对外部世界的一切幻想。

直至后来，月儿老师告诉雨娃，只要好好学习，就能改变生活。她给雨娃看了很多照片，照片里有高高的楼房和大大的操场。

"你瞧，这是我上过的大学，就在省城。你好好学习，以后也可以去这里上学。"

"真的吗？"雨娃睁大眼睛。

"老师什么时候骗过你？"月儿老师笑着捏了一下雨娃的脸。

雨娃又有了新盼头。

雨娃爹周年这天，下起了小雨。雨水又细又密，听不见落地声，雾蒙蒙一片，看不清远处的景象。姑姑也来了，她瘦了很多，好像有心事，望着雨娃勉强地笑笑。

三人准备了燃香、纸钱、烩菜、水果等上坟用的东西，然后走向了河湾。河湾里空寂一片，没有人。铅灰色的天空，苍茫无边，地上的三人显得渺小又伶仃。

一年前，雨娃爹刚入土时，他坟上的黄土还很新，跟周围的旧坟比起来，显得有点突兀。如今，仅一年，新坟变旧坟，与祖先的坟堆无任何不同。雨娃仍然很难将眼前的土堆与生龙活虎的爹联系起来。

雨慢慢停了。雨娃抱来了干麦秸，点着了火。三人跪在地上，将纸钱投入火中，雨娃妈边流泪边絮絮叨叨：

"钱多，在那边你尽管花。"

"娃子也上学了，放心吧。"

"你要好好保佑你的娃子，让他身体健康，有个出息，能改变这沙窝里的生活。"

……

火越烧越旺，旋转着蹿向天空，仿佛在回应这些话。雨娃的脸烤得生疼，他将飘散在外的纸钱重新捡回来，再次投入火中。姑姑带着雨娃，又去给爷爷和奶奶，还有太爷太奶烧了纸钱。

最后一张纸钱烧完，火灭了。雨娃打了一个寒战，骤然间更冷了。

上完坟该回去了。雨娃走几步就回头望一眼，爹的坟也孤零零地望着他。雨娃心生哀愁，泪水模糊了眼睛。

雨雾又开始飘洒，三人孤瘦的背影消失在一片白茫茫中，只留下一堆燃尽的灰烬。

"爹，你放心。我一定好好学习，以后让妈妈过上好日子。"

回去的路上，雨娃在心里一遍遍地说着。

第五章

娘来了

01

凉州的秋天，很短暂，也许是因为漫长的冬天在后面虎视眈眈吧。

冬天一到，树秃了，地旷了，四处只有无家可归的风。日子短了，悠闲晃荡，一天就过去了。

忽然有一天，一场黑风从天而降，席卷了整个村子。刚开始，它掠起漫天的尘土和枯枝败叶，搜刮着每一个角落。很快，黑暗降临了，这黑风如魔兽的巨口，吞噬了整个村子。来不及开灯的人们，陷入一片黑暗，伸手不见五指。要知道，平日里的这个时间，太阳还未落山。人们躲在屋里的炕上，望着遮天蔽日的风和黑暗的世界，嘴里全是惊愕：

"怪了，啥时候见过这种风？"

"这几年沙尘暴都少了，怎么又刮起了黑风？"

入夜时，风更猛了，嘶吼个不停。雨娃想起了老人们的话：迟早有一天，两片大沙漠会汇合，村子会被埋没。

以前，雨娃觉得那是极遥远的事情，与自己没有关系。这场黑风，让他觉察到了一丝危机。他隐约明白，世间的事，充满了变数。很多他不理解的事，正在一一发生着，比如爹的突然离世，比如这骤然降临的黑风。雨娃不知道前方还有什么等着他，他所能做的，就是看清每一步路，然后小心翼翼地前行。

漫长的一夜。

早晨醒来，风终于停了。不但停了，还停得很彻底，连个风丝儿都没有。走出院门，村子里一片狼藉，灰头土脸的。麦秸垛被吹散了，那些经不起折腾的树，不是被连根拔起，就是被拦腰折断。人们一边咂嘴，一边"乖乖"地叫个不停。雨娃心里暗想：还好！村子没有被沙埋掉。

后来，大爷爷的收音机里说，这是近几十年来最大的沙尘暴，甚至都刮到了北京。收音机里又说，刮沙尘暴时正值放学时间，某个乡有几个孩子掉进了冰窟窿里。收音机里还说，今年可能是近几十年来最冷的冬天，请大家做好御寒准备。

姑姑也许听到了收音机里的话，她连夜给雨娃织了毛裤，让雨娃来取。正是在雨娃取毛裤的那个下午，沙漠里来了一只狼，或是一群狼，咬死了大爷爷家的羊。这太反常了，狼怕人，不到万不得已，绝不会进村庄，况且是在大白天。

雨娃说不出地心疼，他最无忧无虑的日子，就是同那些羊一起度过的。心疼之余，雨娃发现自己竟然隐隐有些期待。他又开始不由自主地幻想。想了半天，仍然觉得难以置信，传说中的狼，难道真的出现了？沙漠边的孩子，几乎都是听狼的故事长大的。狼狡猾、凶残、神秘，在无数的故事里神出鬼没，扮演着不同的角色。

第二天正好是周末。一大早，雨娃就跑到了大爷爷家。虽然有心理准备，但那场面还是吓到了他。羊斜躺在圈里，羊毛上到处是结痂的黑血，它的眼睛似睁非睁，浑浊且毫无光泽，麻木地望着世界，使人心生恐惧。雨娃转过头，不敢再看。上一次见它时，还活蹦乱跳呢，现在竟成了这副模样。

雨娃这才明白了事情的严重性。

大爷爷蹲在门槛上抽烟锅，一言不发。围观的人叽叽喳喳，暗自庆幸这样的祸事没有落在自己家头上。有人建议把狼咬过的地方割了，再把肉卖出去。大爷爷摆摆手，说不能干这种缺德事。还有人建议把羊皮剥下来，至少能卖几个钱，减少点损失。大爷爷又摆了摆手：

"算了，我这把老骨头剥不动了。这就是它的命，合该死在狼口里。但这事怪得很！"

众人问：

"怎么怪？"

大爷爷说：

"狼怕人，极少进村子。尤其这几十年，狼的踪迹越来越少，攻击人与牲畜的事情，更是闻所未闻。现在的年轻人，甚至都没有见过狼。"

众人附和道：

"就是，狼的故事没少听，但活生生的狼真没见过。"

大爷爷满脸疑惑：

"那么这次狼进村子是什么原因？"

众人七嘴八舌，有说黑风刮来的，有说饿极了找食吃的，还有各种不着边际的说法。

"不对！如果是饿极了，那咬死了羊为什么不吃？"

"这就奇怪了。"人们陷入了疑惑。

大爷爷磕磕烟锅，接着说：

"首先得搞清楚狼进村子的原因，其次得知道是几只狼，一只还是一群？村子里小娃娃们多，若是碰上狼，危险得很。"

众人面面相觑，不知道说什么好。大爷爷建议各家各户出个人，把村子彻底搜寻一遍。但村里人热情不高，没人回应大爷爷的话。大爷爷也不好说什么，雇了辆拖拉机，把羊拉到荒滩上埋了。

02

狼的出现,像一把钥匙,打开了无数神秘的往事。当黑夜降临,人们围坐在一起,讲述者缓缓张开口唇,故事便在月光下传播开来。

有人说,狼是土地爷的狗,专门惩戒作恶多端者。他还讲了一个故事,话说古时候,凉州城北乡有个大户人家。这家老爷是个仁慈的人,经常给乞丐布施米粥。可管家是个鸡鸣狗盗之徒,平日里伪装得很好,心里却算计着老爷的家产。他先是勾引小姐,想做个上门女婿,谁知小姐不上钩,还骂他下流。这下坏了,管家是又恼又急,怕老爷找他的麻烦,于是心生恶计。他偷偷串通好戈壁上的贼人,在一个月黑风高的晚上,悄悄打开了院门。蒙面的贼人们,鱼一样滑进了大宅里。老爷一家不幸遇难。管家跟在贼人们后面,逃向戈壁。谁知一群野狼悄悄盯上了管家,趁着夜色将他拖下了马。第二天,贼人们寻他时,只发现了半截身子。

昏黄的灯光下,故事讲完了。众人意犹未尽。忽然有人开口:

"你是说大爷爷是恶人喽?"

讲故事的人面露尴尬,连忙摆手:

"我没有这个意思。这故事,我也是听别人说的。"

好在众人并不追问,他们期待着下一个故事。

又讲了几个与狼有关的故事后,夜深了,众人也困了。于是,都站起来伸伸懒腰,各回各家了。

雨娃这才发现,自己不敢回家了。他满脑子都是狼影,故事里的情节此时又活了起来。这可怎么办?他在人家院门前踟蹰着,进退两难。时间一分一秒过去,干耗着也不是办法,他只好硬着头皮往家的方向走。忽然,雨娃发现远处有个影子在向他靠近。

是狼吗?怎么办?

影子移动着,越来越近,雨娃心中大骇,吓得快窒息了。那影子忽然说话了:

"是雨娃吗?"

原来是妈来找雨娃了。雨娃心中一松,赶忙跑上前去。

"妈,你吓死我了。"

"知道害怕还不回家?三更半夜的,也不怕被狼叼走!"

娘俩走远了。谁也没有注意到，漆黑的夜里藏着一双绿幽幽的眼睛。

03

这个夜晚没有月亮，连星星也没有几颗。人们睡得格外沉，狗也睡得格外沉。但白狗家的羊圈里，正在发生着一场猎杀。羔羊们挤在一起，瑟瑟发抖。一张血盆大口，无情地咬穿了一只羊的喉咙。当黎明即将来临时，这双绿幽幽的眼睛，消失在了村子的尽头。

第二天一早，白狗妈差点吓晕在羊圈。

人们这才意识到大爷爷的话不是危言耸听。

雨娃和妈吓得倒吸冷气。天哪！昨天夜里，她们娘俩就是在白狗家的羊圈前遇上的。

派出所来了两个干警，拿着麻醉枪，设了个套，守了整整两天。一切风平浪静。警察说，这样耗着不是办法，派出所里人手不够，还有案子要跟，他们先回去，等有动静了再打电话。警察又说，狼是保护动物，只能抓活的，不能打死。警察撤离的第二天，又有羊被咬死了。

这期间，有人说见过那狼，是只大黑狼，近一米高。又有人说，明明是灰狼，眼红牙尖吓死人。还有人说，是一群狼。也不知谁说的是真，谁说的是假。

一时间，人心惶惶。吓得娃娃们白日都不敢出门。

人们又想起了大爷爷的话。失了羊的那两家，肠子都悔青了，本来指望着卖了羊，过个好年，这下全泡汤了。

村里决定成立"打狼队"，由大爷爷指挥。大爷爷翻箱倒柜找了半天，寻见了一把长棍。村里人也各自找了趁手的东西。有拿铁锹的，有拿榔头的，有拿鞭杆的，五花八门什么都有。最让人意想不到的，还是白狗爷，他举着把关刀冲出了家门。众人一看这把近两米长的关刀，都乐了：

"白狗爷，你这是唱戏去？还是打仗去？这么大的家伙，你耍得动吗？"

白狗爷一脸正气：

"想当年，我也是凉州城里有名的拳把式。能叫畜生欺负了？这次叫你们开开眼。"

娃子们更想凑热闹，一个个提溜着破脸盆，跟在队伍后面，边敲脸盆边吆喝："打狼喽！打狼喽！"

有人悄悄问大爷爷：

"这么闹，不是把狼吓跑了？"

大爷爷也悄悄告诉他：

"狼有状元之才，贼着哩。闹点动静，吓唬一下，不敢再来就行。"

村子里好久没这样了。雨娃被妈关在家里，急得上蹿下跳，各种哀求都不起作用。

"你休想出去！这是开玩笑的事吗？你连个老鼠都不敢打，还打狼？"

雨娃看到出门无望，只好把耳朵贴在窗户上，听着脸盆声和吆喝声，再判断人群到了谁家。

打狼队气势汹汹，从村东头一直扫荡到村西头。人们脸上全是势在必得的神情，每一个毛孔里都藏着一个雷达，仔细搜寻着有关狼的蛛丝马迹。仓库、砖瓦窑、麦秸堆……但凡狼能藏身的地方，一个也不放过。甚至有几次，将人家狗当成了狼，吓得狗们连忙汪汪叫，表明身份，这才躲过一劫。

打狼队呼啸而来，呼啸而去，在村子里扬起一阵阵尘土。扫荡了大半天，别说狼，连根狼毛都没见。人们激昂的情绪逐渐变得低落。娃子们不吆喝了，脸盆也不敲了，大人们高高举起的"武器"，此时也疲乏地拖在身后。

如此一来，打狼队就地解散。有几个人气不过，捡块石头朝树上的野猫扔去。人们问大爷爷接下来怎么办，大爷爷说：

"这么一闹腾,估计不敢再来了。不过为防万一,大伙晚上尽量不要出门,把牲畜赶进院子里,再把院门锁好。"

说罢,又吩咐队长买几挂鞭炮,在村子四周放一放。

04

狼,在人们嘴里被越传越神。甚至有人说,这狼白日里变成了人,晚上又变回狼。贾神婆子更是添油加醋,在她的几个信众前,将这狼说得神乎其神。她说,万物有灵,这狼就是土地神,专门来教化世人。听这话的几个女人倒真信了,她们供上水果,上了香,一边磕头,一边求狼保佑。

雨娃虽然被妈禁足了,但他的内心戏一点也不比别人少。他将《小红帽》翻来覆去地看,然后浮想联翩。

夜幕又降临了。人们将牲畜赶进院子里,然后紧闭门窗。

大爷爷折腾了一天,浑身的骨头疼。他颤颤巍巍地爬上炕。看到大爷爷的疲乏样,大奶奶骂道:

"闲了就躺一躺,折腾个啥?一辈子了,还没有折腾够?"

大爷爷嘿嘿一笑:

"没治,就这个命。"

大爷爷又想起了他的羊。那羊，他已经养了很久，倒不是为了卖钱，也不是为了吃肉，就是想听那几声咩咩叫，像软软的舌头在心坎上舔一样，舒坦得很。他也喜欢看羊的眼睛，水汪汪的，很柔和也很善良。羊羔儿跪乳，有良心呢！不承想，竟遭了这种事。可大爷爷不恨这狼，他早看明白了，土吃人——人打狼——狼吃羊——羊吃草，循环往复，这是老天爷的安排，自有道理。所以，祸与福都看开些，没什么大不了。

抽了一阵烟锅，大爷爷准备睡了，却听到院门响。是大爷爷的儿子双城。双城结婚后，大爷爷就在隔壁盖了一院房子，给小两口住，如今大孙子已经上初中了。

双城怀里揣着个东西进了屋。见了大爷爷，把罩在上面的衣服揭开。竟然是一只毛茸茸的狼崽子，它睁开黑溜溜的眼睛四处打量，精灵得很。大爷爷吃了一惊，心里明白个八九不离十了。

今天傍晚，双城吃罢晚饭，去关院门，忽然听到小屋的炕洞里有动静。那间小屋早不睡人了，炕洞也没烧过。双城掏掉炕洞口的破布，发现里面有只小崽子。正纳闷呢，上初中的儿子惊慌失措地跑了出来。在双城严厉的质问下，儿子说了实话。原来几日前，他路过红柳林，发现了一只小狗，还以为是野狗下的崽子，看着可爱就抱回家了。这几天，村子里闹狼，爷爷家的羊也被咬死了。儿子这才怀疑自己把狼崽子抱回了家，招来了这些祸事。他不敢吭声，只好把狼崽子藏进了炕洞里，一天偷偷喂上一次，直到被爹发现。双城又气又惊，本想把狼崽子摔死算了，但又不敢，他怕狼会跟着气味寻上门来。只好来找爹，讨个主意。

大爷爷长叹一声：

"原来是母狼寻崽子来了。怪不得纠缠不休。"

双城问接下来怎么办，大爷爷想了一会说：

"找不到崽子，估计母狼不甘休。哪里捡的，就送回哪里吧。"

双城不甘心，毕竟死了好几只羊，他想用狼崽子设个套，把母狼抓住。大爷爷摇摇头：

"娃子，你是不知道丢了崽子的母狼有多难缠。死了一个，会来一群的。早些年，沙漠里有个羊场，也是打了人家的崽子，结果一夜间被咬死了几百只羊。狼是土地爷的狗，有状元之才哩，惹不起。今天晚上，狼崽子先放到我屋里，明天你再送回去吧。"

果然，后半夜隐隐传来了狼嗥声，狼崽子听见了，也哼哼唧唧不消停。

雨娃也听见了狼嗥声，他躺在炕上翻来覆去睡不着。一会儿觉得狼进了院子，一会儿觉得狼正在窗外。黑暗之中，仿佛有一双绿幽幽的眼睛盯着他。

村里的大部分人都听见了狼嗥。这嗥叫如泣如诉，绵延不绝。

大爷爷一夜未睡，这嗥叫唤醒了他的记忆。年轻时，他是个出色的猎人，不少狐狸和狼倒在了他的枪口下，野兔更是不计其数。给儿子讲的故事，正是发生在他自己身上的。那年，沙漠里有个羊场，请他去灭狼。他提着猎枪就去了，当天便射杀了几只狼崽子。谁知夜里狼群报仇来了，悄无声息地咬死了几百只羊。那惨烈的场面，大爷爷至今忘不了。那次之后，大爷爷便放下枪，不再打猎。这一晃，几十年过去了。如今，又遭遇了这样的事，他不得不感叹：

"报应啊！不是不报，时候未到！"

狼崽子仍在哼哼唧唧地抓门。

大爷爷轻声安抚，像哄孩子一样：

"不急，明天一早就送你回去。"

05

次日早晨，大爷爷慢悠悠地喝着米汤，脚下的狼崽子呼哧呼哧地啃着骨头。大爷爷笑骂道：

"天生就是吃生肉的，这么小就知道唬人。"

刚说罢，门外传来一阵嘈杂声。

"狼捉住喽！狼捉住喽！"

大爷爷一惊，忙放下碗筷，快步出了门。

人们涌向了白狗家的后院。雨娃终于看见了狼。是只母狼，骨瘦如柴，身形不大，毛色也不光亮，却异常凶猛，喉咙里发出低沉的吼声。它的右后腿被捕兽夹死死咬住，不停地向外渗着血。

这母狼和人们想象中的样子，实在是天差地别。村里人有些失望，说这狼灰头土脸的，还不如大点的狗。有几个胆大的娃子，捡起石头，朝它扔去。石头落在母狼头前，弹起一股灰。母狼耸起鼻子，龇出尖牙，目光凶狠，前爪在地上划出了深深的沟。它甚至想扑离它最近的人，不过是徒劳，后腿一蹬，就有新鲜的血液从捕兽夹的缝隙里渗出来。

雨娃想，这肯定很疼，可它为什么还要拼命挣扎呢？

母狼眼里的凶光，吓退了一部分人。它虽然身形不大，但愤怒又凶狠。捕兽夹或许牢靠，可万一断了，只一口，估计就活不了。

看够了母狼，人们开始讨论如何处置它。

"剥了狼皮，做件袄子，结实耐用，还辟邪。"

"就这瘦狼？做个护腿还差不多。"

"想得美！人家是保护动物，你敢杀？"

"自己死的，与我们有什么关系？"

"再说了，毕竟是野兽，我们不捕，等着让咬喉咙吗？"

"就是！就是！"

"是狼咬死羊在先！"

"对！说一千道一万，野兽就是野兽，打死也是天经地义的。"

……

话越听越不对劲，大爷爷赶紧喊了一嗓子：

"警察的话，你们都听到了。狼是保护动物，打死犯法，要坐牢的，你们好自为之。"

捉狼不易，处置更难。前些年，打死，找个地方埋了就行。现在不行，野生动物保护法有了，万一死了，追究起来，说不准要挨罚。白狗爷本来很得意，现在有些头大。他回头望了母狼一眼。

毕竟是血肉之躯，因为饥饿、受伤，只半日子工夫，母狼就筋疲力尽了。它趴在地上，盯着村头的路，那里通往沙漠，离这儿不过几里地，但它知道自己回不去了。

白狗爷问大爷爷怎么处置。大爷爷摆摆手：

"进屋说。"

进屋前，大爷爷喊来雨娃，把外衣披到雨娃身上，悄悄地说：

"娃子盯着些，如果有人打狼，你就喊我一声，我在白狗爷屋里。"

雨娃点点头，坐在白狗家的院墙上，盯着地上的母狼。它卧在地上，闭上眼，一副听天由命的模样。

大爷爷想把母狼拉走，白狗爷自然不允：

"我们家的羊白死了？"

"行行行，老家伙，我给你赔一只羊，怎么样？"

白狗爷不吭声。

"老家伙，你要想清楚，天不早了。夜里有没有别的狼寻着来，就不好说了。"

大爷爷这话，打到了白狗爷的七寸上。他知道狼会报仇，不敢冒这个险，毕竟家里还有娃娃哩。再说，这狼是保护动物，万一死了，也是麻烦。

"我们说好，狼你拉走，羊么必须得赔，得好羊，瘦恹恹的可不要。"

"哎呀，你还信不过我？"

大爷爷招呼来双城，费尽心机，终于把母狼拉到了自己家的后院里。在此之前，雨娃一直帮忙盯着母狼。大爷爷摸着雨娃冰冰的小脸，心想这真是个好娃娃。

大爷爷连夜请来了刘兽医，说是家里的狗腿伤了，要包扎一下。他和双城又是绑嘴又是套头，怕咬着兽医，更怕兽医知道是狼。谁知母狼并不挣扎。

事罢，刘兽医假装嗔道：

"大半夜的，这么冷！也就是大爷爷张嘴了，若是换了旁人，我才不来！"

"除了你，谁还有这个本事？"大爷爷眼睛笑成了鸽粪圈圈儿。

缓了一夜，次日天还未放亮，大爷爷就喂饱了狼，和双城拉着它们进了沙漠，悄悄放了。大爷爷本想隔几天，让母狼养养后腿再放，又怕夜长梦多，再说那捕兽夹多年未用，不仅老旧，还被铁锈消了力道，否则狼腿早断了。

后来，大爷爷给雨娃讲了狼崽子的故事，大爷爷还说：

"动物和人一样，不过是少个说话，多个尾巴。"

大爷爷放狼的事情，除了家里人和雨娃，再没有人知道。

雨娃突然不怕狼了，至少不像以前那样怕了。他想起了帮大爷爷盯母狼的那个下午，终于有机会认真地瞧瞧它了。那时，母狼已经筋疲力尽。它闭着眼睛，不理会扔来的石子和木棍，甚至连眼皮都没有抬一下。风吹过它稀疏的毛，显出了干瘦的骨架和肌肉。若不是腹部因呼吸轻微地起伏着，雨娃会误以为它已经死了。

那时候，雨娃还不知道狼崽子的故事，他只是觉得母狼很可怜，那种万念俱灰后任人宰割的样子，让雨娃有些难过。

后来的某一夜，雨娃梦见了那头母狼。他站在红柳林的这头，母狼站在红柳林的那头，互相望着。红柳开着粉红色的花，美极了。

雨娃想，如果我是那只狼崽子，妈妈肯定也会变成母狼那样，奋不顾身地寻找。想到这，雨娃情不自禁地抱住了正在和面的妈妈。

第六章

"妈，我渴。"

01

眼见着越来越冷，人们都不愿意出门了。天阴实了，不见一丝云缝儿。

一日夜里，大雪突降，悄无声息地盖住了整个村庄。

早上，人们艰难地推开门，看着半人厚的雪，惊讶不已。娃子们兴奋激动，觉得新奇好玩。老人们看看天，叹道：

"这么大的雪，怕是要遭灾啊。"

果然，村子里冻死了好几只羊，还冻死了一头老驴。

等雪化得差不多了，瓜娃家的牛忽然学起了驴叫，瘆怪怪的。

瓜娃奶奶给了牛几巴掌：

"祸害，要叫就好好叫，再神头鬼脸把你宰了吃肉哩。"

可没治，牛还是学驴叫。贾神婆子鬼鬼祟祟地给别人说：

"嘿，冻死的那头老驴阴魂不散，上了牛身了。"

这话三传两传，就到了瓜娃爹的耳朵里。瓜娃爹没有迟疑，请了屠夫宰了牛。宰牛时可热闹了，瓜娃蹲在一旁看。刀子一拔，冒出了一股子血，不偏不斜泼了瓜娃一脸。瓜娃呸了几声，傻呵呵地对人说：

"热乎乎的呢。"

当天夜里，瓜娃就发烧了，胡乱舞着手，不停地说话，但又口齿不清，听不明白。天一亮烧就退了，瓜娃也乖了，猪一样酣睡。夜里，又发烧了，比前一天更烫手。瓜娃妈慌了，她最怕瓜娃发烧，于是赶忙请来了大夫。大夫打了退烧针，烧慢慢退了。等大夫一走，瓜娃的额头又烫了起来。瓜娃妈不停地用冷水敷，一夜未睡。天刚一亮，瓜娃的烧又退了。

这样反复闹了三天。瓜娃一家人筋疲力尽。第三天夜里，瓜娃一边舞着手一边喊：

"渴！渴！"

可他的肚子都喝成锅了，还在叫嚷。瓜娃妈不敢再给水了。

整整三天没有睡过囫囵觉，瓜娃妈瞌睡极了。说来也怪，瓜娃忽然清醒了，他拍着瓜娃妈的肩膀说：

"妈，睡一睡吧，一觉醒来啥都好了。"

瓜娃一拍，瓜娃妈就睡着了，梦里尽是些五迷三道的事，糊糊涂涂，进了迷宫一般。梦的最后，从远处走来一个人，越走越近，原来是瓜娃。

瓜娃妈心里一惊，醒了。她转头一望，炕上空空如也，瓜娃不知道哪里去了。

02

这一夜，注定漫长。

雨娃躺在炕上烙饼子，辗转反侧，怎么都睡不踏实。连那些梦境也虚无缥缈，如同哈在玻璃上的气。也难怪，炕烧得很烫，跟火炉子一样，把雨娃的背烙得生疼。但被子薄，而且旧了，早被雨娃蹬得千疮百孔，根本不保暖。他身下卧火，身上覆冰，怎么能睡得踏实？

雨娃在这冰与火之间纠结的时候，瓜娃家是另一番模样。瓜娃妈只是打了个小盹，瓜娃就不见了。整个院子都翻遍了，连瓜娃的影子都没有见。瓜娃爹有些气急败坏，把院子里的家伙碰得丁零咣啷。瓜娃久烧不退，早让他烦躁至极，想不到半夜还不知上哪儿去了。他生气地想：等病好了，好好捶一顿，半夜里都不让人消停。瓜娃奶奶咬着牙低声骂：

"你悄些着，把村里人聒噪醒来看笑话哩吗？"

羊圈、猪圈、牛棚、粮仓、狗洞……瓜娃妈搜寻着每一个角落，连那些狭小的瓜娃根本钻不进去的窟窿也不放过。可是就是没有她那个傻儿子的踪迹。她望着黑乎乎的院门想：会不会出去了？能到哪儿去呢？到雨娃家去了吗？对！肯定到雨娃家去了！

这个念头像根救命稻草，瓜娃妈顿时振奋了。她拿了手电筒，匆匆忙忙地走向雨娃家。夜黑透了，没有月亮，也没有星星。这个慌乱的女人，像只驶向大海的木船，在绝望的边缘，脆弱且艰难地前行。她的老式手电筒，在浓稠的黑里挣扎着，就像她此刻的心。那手电筒，连脚下的路都照不清楚，光刚射出，就被黑暗吞没了，只留下一些高低不平的阴影。

"咚！咚咚！咚咚咚……"

炸雷般的砸门声，惊醒了雨娃。他忙爬起来，头有些晕，心跳得很慌。雨娃妈也坐起身来，一脸惊疑：

"谁？这么晚了。"

娘儿俩呆坐在炕上，不知道该怎么办。但那砸门声，一声比一声急，一声比一声狠，容不得他们思虑。雨娃咽了口唾沫说：

"会不会是姑姑？"

雨娃妈回应道：

"这么晚了，可能有急事，你去看看。小心些，别乱开门。"

雨娃麻利地套上衣服，揭开门帘，滑入了夜里。

门还未开，瓜娃妈便叫喊了：

"雨娃，瓜娃在不在你们屋里？"

雨娃一愣：

"没有啊，他不是发烧吗？好几天没见了。"

"哦，不在啊。"

透过门缝，雨娃看到瓜娃妈脸上的焦急瞬间枯萎了，她悄无声息地再次隐入夜里。雨娃听见那失落的脚步声逐渐远去了。

回到炕上，雨娃再也睡不着了。他睁着眼睛，空洞洞地望着屋顶，那里一片黑寂。莫名其妙地，他想起了爹爹。

03

多年以后，雨娃仍清晰地记得那个冬天的早晨。

"唰——唰——"

雨娃在一阵有节奏的扫帚声中醒来了，那是雨娃妈在扫院子。在雨娃童年的记忆中，每一天都是从妈妈的扫帚声开始的。这声音虽然刺耳，但让他觉得温暖，有安全感。雨娃贪恋着热炕的余温，不愿意起床。过一会儿，妈妈扫完院子，会拿一个煮鸡蛋给他。这是雨娃一天中最幸福的时刻。他并不急于将鸡蛋吃掉，而是小心翼翼地把玩它，或将它揣入怀中，轻轻地摩擦肚皮、胳膊，感受那淡淡的灼热。

等玩够了，雨娃才剥开蛋皮，先从蛋清一点点吃起。他把吃鸡蛋的过程尽量延长，将美味享受个彻底。有时，他会把蛋黄留给妈妈，可妈妈不吃。妈妈说，她最讨厌鸡蛋味。于是，雨娃心安理得地将最后一小块蛋黄吞下。

吃完鸡蛋的雨娃，还赖在炕上。他开始观察窗户上的霜花，它们晶莹剔透、精巧至极，绘出了一片茂密的森林。雨娃仔细地看，却很纳闷，他不明白这霜花为什么像极了花草树木。他问妈妈，妈妈笑着说：

"那是因为风，风是有记忆的。它掠过了一片又一片森林，在冬天的夜里，它将记忆里的森林画在了你的窗玻璃上。"雨娃很喜欢这个答案，他喜欢风，更喜欢有记忆的风。

雨娃翻了个身，本想再赖会儿，突然想起前一夜瓜娃妈来找过他。雨娃思来想去，觉得必须去瞧瞧。瓜娃脑袋虽不灵光，但不至于半夜三更还乱跑。

这么冷的天，出门是需要勇气的。雨娃一阵小跑，到了瓜娃家。

瓜娃家院门开着，院里悄无声息。虽是冬日，没有农活，人也懒些，但这个点多少应该有些动静，扫院子、做饭、喂鸡，总有琐碎事。雨娃寻了一圈，屋里果真没有人，冷灰死灶的，连炉子都灭了。雨娃关好了院门，一路小跑回了家，满腹的疑惑。

瓜娃奶奶先回来的，她上岁数了，腿脚不好，走不远。她想，万一瓜娃自己回来了，家里没人也不行。她说，瓜娃的爹妈半夜就出去找娃了，也不知道寻见没有。

瓜娃丢了。

家里人找了三天三夜，还报了警，却毫无线索，这个娃娃像是人间蒸发了。村里人都觉得奇怪，你说一个娃娃家，黑灯瞎火的，能跑多远？于是，各种猜测从村里人嘴中溜了出来，不管哪一种，都像软刀子一样割着瓜娃妈的心。这个女人连续几天没有吃饭，连水也没有喝，脸皮苍白干瘪，嘴角开裂，泪晃晃的，像老了十岁。她整日守在小卖部里，那里有村里唯一的一部电话。派出所的警察说，一有消息就打电话告诉她。

雨娃妈熬了些米汤，端进小卖部里。直到天黑，那米汤也没有动上一口。见了瓜娃妈的人都说，娃娃肯定能找到。听见这话，瓜娃妈生硬地咧出一丝微笑，看得人心里难受。

小卖部本来晚上八点关门，硬生生开到了十点多。守店的外地媳妇，不忍心催，就陪瓜娃妈一直坐着。雨娃妈怕她这样熬坏了身子，于是来劝：

"嫂子，警察还在找。你好好睡一觉，说不准明天一早就有消息了。"

瓜娃妈看看外地媳妇，点点头，刚一起身，差点栽倒，雨娃妈赶紧上前扶住，搀到了家里。

贾神婆子又开始神神道道。她抽着旱烟，微晃着脑袋，一脸自在，然后故作神秘地对别人讲：

"那娃子凶多吉少。渴死鬼上身了，屋里人又不给水，只好自己找水去了。嘿，他家的牛学驴叫的时候，我就知道定有此祸。其实，花个百十来块钱，叫我燎一燎也就好了，可人家舍不得。"

这话传来传去，传到瓜娃妈耳朵里了。瓜娃妈买了烟和酒，赶紧去了贾神婆子屋里。

贾神婆子抽着烟锅，吞云吐雾，呛得瓜娃妈直咳嗽。

也不知道贾神婆子说了什么，瓜娃妈回来后，就躺在小屋的炕上不吃不喝，双眼直勾勾地盯着天花板。谁劝都不听。

瓜娃爹黑着脸，直接到了贾神婆子屋里，问给他媳妇说了啥。贾神婆子知道自己闯了祸，说你的女人精神有问题，赶紧去精神病医院瞧瞧。

瓜娃爹起手就是一耳光。贾神婆子像截朽木头一样，滚到了地上。瓜娃爹把贾神婆子拽到了大路上，连推带搡，就是不让她站起来。瓜娃爹恶狠狠地骂：

"老妖精，你不是神机妙算吗？算着今天了没有？算着挨耳光了没有？"

贾神婆子披头散发、灰头土脸，扯着嗓子尖叫：

"你跟你的娃子一样，没有好下场！"

这一耳光，扇去了贾神婆子的大半威风，好长一段时间，她再也不敢逍遥自得地口若悬河了。

瓜娃爹扇完贾神婆子，拾掇了辆二手摩托车，印了些传单，满世界找儿子去了。临走前，他咬着牙说：

"不管是死是活，我一定把娃子寻着。"

04

好几个早晨，雨娃吃完鸡蛋，看完霜花后，就会想起瓜娃，也会想起他毫无遮掩的笑声和圆滚滚的肚子……想着想着，眼眶就红了。

毫无疑问，瓜娃是雨娃最好的朋友，几乎是唯一的朋友。他们一起玩，一起上课，一起放羊，一起被欺负……村子里的每一个角落，都有过他俩的身影。

如今，一切戛然而止。所有的记忆都变成了梦境，似真似幻，让雨娃在恍惚中迷茫，在迷茫中惆怅，在惆怅中孤独。就像那夕阳下的孤树，它的影子又瘦又长，最后消失于昏黄的光中。

瓜娃刚丢的那两日，雨娃还蒙着，认为很快就找到了。他也常丢东西，但总能找到。谁知道这么久了，仍是没有消息。他开始有些恐慌，觉得不像丢东西那么简单。之前他没有意识到，人会这样突然消失，寻不见任何踪影。

学校里上课时，雨娃老走神，常回头看瓜娃的座位。他多希望瓜娃趴在课桌上朝他笑，可是那里依旧空空荡荡。

世上最残忍的事，莫过于把孩子从母亲身边抢走。

瓜娃刚丢时，他妈没日没夜地哭，好似要把一生的眼泪都流尽。她不能原谅自己，若不是打了盹，瓜娃也不会跑出去。人人都说瓜娃是个傻孩子，可她不这么认为。瓜娃只是憨厚了些，他善良、单纯，没有任何坏心眼，甚至从来没有耍过赖。

这些年，瓜娃妈过得并不轻松，她是个外地媳妇，在这里举目无亲。瓜娃奶奶又是个太过厉害的婆婆，她常常指桑骂槐，气得瓜娃妈半夜里偷偷哭。每到这时，瓜娃都会伸出肉乎乎的小手，将妈妈的眼泪擦干。村里人小看瓜娃，妈妈心里憋着一口气。别的孩子有的，瓜娃必须有；别的孩子没有的，瓜娃也要有。

可如今，如何是好？

从贾神婆子那里回来，瓜娃妈就躺下了。

瓜娃奶奶抹了一把老泪，说让她静一静吧，想明白就好了。可这一躺就是七天，瓜娃妈迅速地消瘦了。她双眼深陷于眼眶中，颧骨高高耸起，嘴唇单薄毫无血色，全身的关节都突兀了出来……村里人见了瓜娃奶奶，都问：

"开始吃了吗？"

瓜娃奶奶摇摇头。

众人叹口气，心想：这女人怕是要不行了。

瓜娃奶奶赶紧把儿子喊了回来，瓜娃爹陷入了巨大的绝望中，一夜时间，地上就扔满了烟蒂。他胡子拉碴，头发凌乱，双眼赤红，无奈地接受着命运的摧残。

后来，瓜娃奶奶颤颤巍巍地来找雨娃妈。说是大奶奶告诉她，让雨娃去试试。瓜娃和雨娃最要好，说不准能起点效果。

妈妈赶紧拉着雨娃去了瓜娃家。

瓜娃妈面无血色，瘦得跟纸人一样，双眼紧闭，只有胸脯在轻微地起伏着。

这模样，看得人心惊。

瓜娃奶奶轻声说:

"娃他妈,你看看谁来了?"

瓜娃妈无动于衷。

雨娃轻轻地将瓜娃妈的手握住,悄声道:

"妈!妈!起来吃点东西吧。"

瓜娃妈冰冷的手指抽搐了几下,然后将雨娃的手死死攥住。

瓜娃妈终于肯吃东西了,她先是喝了一点点面汤。隔天后,又开始喝点粥。半月后,才在别人的搀扶下出了门。

瓜娃妈再见到雨娃,问雨娃:

"雨娃,你说瓜娃还活着吗?"

雨娃点点头。

瓜娃妈又问:

"还能寻见吗?"

雨娃又点点头。

瓜娃妈摸摸雨娃的头,望向远方。

05

其实雨娃也偷偷寻过瓜娃,他抽空去了河湾,还有红柳林,甚至连阴森森的砖瓦窑,他也去了。无数个瞬间,他都觉得瓜娃会跳出来,跑向他,告诉他自己到底去了哪里。可冬日的西北,寒冷又苍茫,并没有瓜娃温暖的笑。

不过雨娃坚信,瓜娃一定能寻到。他有这种感觉,他还要和瓜娃一起长大,一起挣钱,一起娶媳妇,一起生娃娃。他生了娃娃,叫瓜娃"大爹"。瓜娃生了娃娃,叫他"小叔"。

"说不准,明天就坐着他爹的摩托车回来了。谁知道呢?"

雨娃想着。

第七章

过了冬至就是年

01

转眼,放寒假了。

这是雨娃记忆中最阴冷、最漫长的一个冬季。

天总是阴沉沉的,很少出太阳,偶尔出了,也像蜻蜓点水般单薄,没有实质的温度。村子中一片冷寂,大人们很少出门。麦秸垛、房檐、窗台、沟渠、铁门……触目所及,都覆盖着一层刺骨的寒意,让人不敢触摸。风,有时像无所事事的孩子一样乱逛,有时则变了模样,裹挟着刀尖般的凛冽,一次次洗劫着这个村庄。

日出日落,恍似是这天地间唯一的事。

可就算这样,仍挡不住贪玩的孩子。他们拿着陀螺和鞭子,跑出村庄,在河湾里的冰上玩得天昏地暗。雨娃当然也在其中,只是他没有陀螺。冰上的陀螺各式各样,旋转个不停。有用摩托车的火花塞做的,虽然小,却重,转起来很稳,时间持久,是陀螺中比较稀罕的。若是家里有手巧的男人,也能用木头削一个。还有最简易的,找一个长点的螺帽,放在火炉里烧,烧得通红后,在螺帽口放一颗钢珠,用铁锤一砸,再用凉水一浇就好了。只是这种陀螺，钢珠容易脱落，也转不久，算是次品。

大小娃子们弯下腰，扬起手，甩开鞭子使劲抽，玩得久了，额头上竟也冒出了细密的汗珠。抽陀螺是个技术活，别看它简单粗暴，其实很有门道。除去鞭子的好坏，还要注意力度、角度，时机也要掌握好。很可惜，雨娃不是抽陀螺的高手。他最心爱的陀螺，是透明的，还会放射出七彩的光，不用鞭子抽，也能转很久。只是，自从爹离开后，他再也没有玩过那个陀螺。

雨娃只好看着别的娃子们玩。玩到高兴处，雨娃也会跟着欢呼，只是欢呼罢，总觉得隐隐有些失落，便转身离开了。

后来，雨娃的脚冻肿了，妈妈不再让他乱跑。他只好捂着被子整天做白日梦。梦里也是冬天，却不冷。梦里还有爹爹和瓜娃，他们带着雨娃做了许多想不到的事。于是，雨娃爱上了做梦，并且一发不可收拾，他除了吃喝拉撒，倒头就睡。可是几天后，他竟睡不着了。不但白天睡不着，晚上也睡不着。他大睁着眼睛，躺在火炉般的炕上，忍受着脊背后针扎似的灼热。

02

在冰与火的夹击中,冬至到了。

这是一年中白昼最短,黑夜最长的一天。等这一天过去之后,天就慢慢暖了。

冬至这天,日头早早落了。按规矩,天黑了要烤火。家家户户都在院门前堆起了柴禾堆,有些人家用木头,有些人家用煤块。

雨娃家的柴禾堆虽然小,却很精巧。雨娃为此花费了整整一个下午。当最后一缕夕阳从房檐上消失,雨娃便迫不及待地点燃了柴禾堆。小小的火苗,像初生的婴儿般稚嫩。雨娃用手将火苗拢住,小心地呵护着。火苗一蹿一蹿,舔得雨娃手心痒痒的。片刻后,火苗长大了,把雨娃的小脸也映红了。

妈妈叫雨娃进屋吃饺子。今天的饺子,是鸡蛋韭菜馅的,雨娃爱吃极了。他连咬带吹,不一会儿就吃了两盘子。妈妈让他慢点吃,别烫着,他嘟囔道:

"我得去家府祠前烤大火去。"

除了各家各户门前的小火堆，村里人还会在家府祠前堆一个大火堆。那火堆可大了，能将半个村子映红。

吃罢饺子，雨娃急吼吼地出了门。家家门前的火堆都点燃了，烧得正旺呢，连空气里也是火呛呛的味道。

夜，黑极了，衬得火堆格外红。路过来福家时，来福正撺掇弟弟跨火堆。那个傻小子禁不住鼓动，果真连跑带跳地去跨火堆。好在火堆并不大，算是侥幸通过了。来福不尽兴，接着捉弄他弟弟：

"呀！裤裆烧着了！"

这一叫，吓得弟弟大惊失色，连忙疯狂地拍打屁股：

"灭了吗？灭了吗？"

雨娃笑着走远了。其实他也想有个调皮哥哥，或者捣蛋弟弟。但爹说，生娃娃太痛苦，不想让妈妈再遭罪了，一个就够了。

放眼望，大大小小的火堆分散于四处，在极寒的冬夜里，闪烁出兴奋又安稳的火光。

家府祠前的火堆真大，火焰冲天而起，迅猛又炽烈。雨娃还未靠近，就感受到了扑面而来的灼热。大人们不停地往火焰里扔柴禾，孩子们绕着火堆边跑边吼：

"右转三圈转顺了，左顺三圈转利了……"

老人们也边转边说：

"转得安康了，转得吉祥了，转得晦气没有了，转得病灾跑光了……"

余下的人听一句附和一句：

"安康了……吉祥了……没有了……跑光了……"

一段时间后，木材烧完了，只剩下通红的炭心。人们围成个圈，边烤火边喧谎。说的都是千奇百怪的事。有人问：

"你们知道冬至日烤火有什么讲究吗？"

众人答：

"就烤火呗，这还有讲究？"

提问的人，一脸高深，故意卖个关子。被问急了，才慢悠悠地说：

"当然有！记住，这明火是人烤的。等火败了，那火籽儿可是没下巴鬼烤的。"

众人点点头：

"是有这么个说法。"

那人又说：

"给你们喧个故事。"

众人一脸期待，全望向了讲故事的人。

那人在火光的映照下，慢悠悠地开口了：

"前些年，隔壁的村子有个郝大夫。这个郝大夫经常半夜三更出诊。有一年冬至日，刘家沟有个娃娃发高烧，郝大夫就去了。等回来时，已经到半夜。他刚进村子，发现还有人围在一起烤火。你想想，他这一路上早冻透了。于是也凑上去烤火。火已经灭了，但火籽儿还烫着呢。这郝大夫边烤火边听旁边的人喧谎，喧的都是古时的事情。他越听越不对劲，这群人说的好像又都是自己的事，可人怎么能从古时活到现在？郝大夫没深究。这火烤到一半，越烤越冷。郝大夫随手抓起一把麦秸，扔在了火籽上。火籽上立即腾起了一股火苗，烤火的众人哎哟一声。郝大夫回头一看，你们猜怎么着？竟是一群没下巴的鬼！郝大夫吓得魂飞魄散，拔腿就跑。跑到家里开始发烧，一烧就烧了三天。三天后才好了起来。"

这故事吓得雨娃心乱跳，他看了一眼众人，在火光的映照下，人们的脸红通通的。

讲故事的人又说：

"看看，这火马上就败了。都各回各家吧，等一会儿没下巴鬼就来烤火喽。"

众人一听，立马散了。娃子们也像鸟一样，各自飞回了巢里。

03

冬至的火,让村子里稍微活泛了些。不过,一切很快又归于死寂。

雨娃整日躺在炕上无所事事,他只好听风的声音,听落雪的声音,听雪压折树枝的声音,听月光逛院子的声音……时间在这些声音中,彻底散架了,碎成一堆毫无头绪的零件。而日子也沉进了河底,像一块千万年的顽石。

直到有一天,一声炮响惊醒了天地,惊醒了村庄,也惊醒了迷糊中的雨娃。他一脸喜色,要过年了。

雨娃妈同意雨娃出去逛一圈,但不能太久。得到特赦的雨娃,麻利地穿好衣服,下了炕。只是睡久了,下地后微微有些头重脚轻。雨娃出了院门,阳光正爬在墙头上,但寒冷仍是见缝插针,从袖口、领口以及许多看不见的缝隙里钻入,如蛇信子一般舔着雨娃的皮肤。

远处围着许多人,黑麻麻的,像一群老鸹在开会。雨娃缩了缩脖子,把手揣进袖筒里,走了过去。

原来在杀猪。

猪杀完了，旁边等了很久的娃子们开始有些不安：

"还没有找见吗？"

"没有！"

"你再找找，是不是没看清？"

"唉，这是母猪，哪有猪尿泡？"

"母猪没有猪尿泡？"

"当然没有。"

……

听说母猪没有猪尿泡，娃子们黯然失色，准备散开。屠汉大笑几声，扔出一团肉色的东西。娃子们眼睛一亮，饿虎扑食般地扑向了这团肉色。双银抢到了猪尿泡，他边跑边像挥舞旗帜一样挥舞着猪尿泡，其余的娃子们紧紧跟随着。不一会儿，他们又回来了。这次猪尿泡已经充满了气，他们像踢足球一样踢着猪尿泡，扬起漫天的尘土。

"哒！远些踢去！灰全落到锅里了！"

几个女人骂道。

这些声音全部都如秋风过耳，娃子们踢得正起劲呢。

忽然，猪尿泡滚到了雨娃脚下。雨娃有些犹豫，要不要踢一脚。可是犹豫的一瞬间，猪尿泡就被别人踢走了。雨娃有些淡淡的失落。不过，谁都没有看出来。因为他大部分时候，都是这个表情。

04

外出打工的人，都陆续回村了。男人们穿着油亮的皮夹克，边抽烟边谈论着新买的摩托车。女人们的衣着则各不相同，有崭新的人造皮草，有圆鼓鼓的羽绒服，还有长短不一的风衣等，不过她们都踩着高跟鞋，在乡下崎岖不平的小路上，小心翼翼地挪动着。

雨娃望着他们好生羡慕，倒不是因为他们貌似城里人的打扮，而是因为如果爹爹活着，应该也是这时候回家。他应该也穿着油亮的皮夹克，一手提着给娘儿俩买的新衣服，一手提着鞭炮和各种年货……

雨娃无数次地闭上眼睛，幻想着爹爹出现在村子口……每次幻想结束之后，都是无尽的失落。虽然如此，雨娃仍然爱过年，一进入腊月就掰着手指头数日子。

这几天，炮声总是不断。于是村子里飘荡着一股刺鼻的硫黄味。雨娃爱闻这味道，在他看来，这才是过年的味道。往年，都是瓜娃和雨娃凑在一起放炮。如今，瓜娃还没寻到，只剩下雨娃一个人了。雨娃妈买了两鞭五百响的"啄木鸟"，说是年三十和正月十五放。雨娃实在手痒了，就偷偷拆几个揣兜里，然后跑出去找放炮的娃子们。

娃子们放炮时，总会想出许多匪夷所思的方式。他们要么扔进啤酒瓶里试威力，要么埋进土里做烟雾弹，要么扔进别人家院子里搞恶作剧，要么在炮捻子上绑着截儿香做定时炸弹……雨娃并不急于放自己兜里的炮，等别人差不多放完了，他才掏出来继续放。兜里揣久了，有些炮捻子都磨掉了。雨娃把没有捻子的炮择在一处，把它们轻轻地拦腰折断，然后倒出铅灰色的火药，再将燃着的香头对准火药一触——扑哧一声，闪出一团耀眼的火光。雨娃闻着这浓烈的硫黄味，感到一种从未有过的兴奋。

05

离年三十越近，雨娃越忐忑不安，总觉得有什么在等待自己。但仔细一想，却发现什么也没有，空落落的。自从雨娃爹走后，他家的节日变得清汤寡水，没什么火气。可就算这样，雨娃仍在期待中度过每一天。

家里亲戚少，雨娃妈办的年货也不多。后来，有个娃蛋子来喊雨娃妈，说是去小卖部里接电话。全村唯一的电话就装在小卖部里，打一分钟五毛钱，接一次也是五毛钱。可是，雨娃家从来没有打过，也从来没有接过。所以雨娃妈有些纳闷，觉得娃蛋子喊错了人，不过还是攥了几步。果真是她家的电话，雨娃姑姑打来的，说是托来福妈带了十斤牛肉。雨娃妈嗯了几声就挂断了，她知道电话费贵。给钱时，小卖部的外地媳妇说："嫂子算了，接电话不掏钱的。"

次日一早，牛肉就带到了雨娃家。她谢了带肉的来福妈，给雨娃做了满满一碗清汤牛肉，雨娃吃得大汗淋漓，觉得从来没有这么痛快过。雨娃妈笑着说："慢些吃，牛肉多着哩，还能吃好几顿。"

姑姑的牛肉让雨娃充满了底气，他昂首挺胸地在村子里乱逛，总在不经意间露出一丝笑容，仿佛藏着一个惊天秘密。

小年的前一天，雨娃妈从箱子里取出一块蓝格子布，带着雨娃到了邻村的裁缝瘸姑娘家。瘸姑娘是个老姑娘，还没有出嫁。她小的时候被牛车砸折了小腿，几个月后能走路了，才发现被砸的那条腿短了一点点。虽然不影响走路，但人们还是叫她"瘸子"。瘸姑娘发了狠心，学了一手好裁缝。后来，有人给瘸姑娘提亲，瘸姑娘一概拒绝，死心塌地地当个老姑娘。

瘸姑娘摸着那块蓝格子布说：

"这料子真好，打算做个啥样儿的？"

雨娃妈问雨娃，雨娃低着头一声不吭。雨娃妈笑了：

"一见人就像个丫头一样,说不定是投错胎了。"

雨娃扭捏着掐了他妈妈一下。雨娃妈又笑了:

"做套西装吧,带个马甲。男娃娃么,正式些。"

量尺寸时,雨娃不停地咽唾沫,像个机器人一样被瘸姑娘摆弄着。瘸姑娘边量边笑:

"还真没有见过这么秀气的娃子。"

回来的路上,雨娃连蹦带跳,一个劲儿地问他妈:

"衣服啥时候能做好?"

雨娃妈抿嘴笑着:

"我哪里知道?可能得一阵吧。"

雨娃哎呀一声,撒开腿疯疯地跑到路的前方,然后再疯疯地跑回来。

06

"出行了——出行了——"

一声嘶哑、粗鲁并夹杂着傲慢的叫喊,在大年初一的早晨惊醒了雨娃。新的一年,就从这野牛般的嗓音中开始了。

雨娃顾不上冷，麻溜地从被窝里钻出来，像条泥鳅一样。妈早起来了，屋子已经收拾干净了，她正在准备出行的物品。那套带马甲的蓝格子西装，整齐地叠在雨娃的枕头边。

妈望了一眼雨娃，扑哧笑了，

"不洗头不洗脖子可不能穿新衣服。你看看，脖子黑黝黝的，都成车轴头了。"

说罢，在炕边拉过来一把椅子，然后端上盆热水。雨娃披上棉衣，乖乖地把头伸到了脸盆上。

别说，瘸姑娘的手艺真不错，连根多余的线头都没有。领子、袖口和衣袋，看起来精细极了。裤腰上的扣子一系，不紧不松刚刚好。不过，妈还是拿过来了一条皮带。这是雨娃爹的皮带，铜皮带头上刻着一只振翅欲飞的鹰。这条皮带还是雨娃爹结婚的时候裁的，虽有些年月了，不过仍很新。因为雨娃爹也很少用，只有过年过节穿正装时才用。他把衬衣塞进裤腰里，于是这只铜鹰在阳光下更加金光闪闪。如今，爹不在了，妈在这条皮带上多打了几个孔给雨娃用。妈说，系上皮带，腰上才有劲，才站得直。

雨娃从来没有奢望过这条皮带。他这么大的孩子，都是穿有松紧带的裤子。他摸着皮带头上的铜鹰，想起了爹爹嘴角上淡淡的坏笑。

从醒来那一刻到现在，雨娃心中一直有一种难以名状的情绪，他看什么都不是往日的感觉。他甚至忘了自己是个没有爹的可怜孩子。他觉得胸口有股气息或是声音要喷涌而出，于是不停地进进出出，显得幸福又焦急。这也许是过年和新衣服的缘故吧。

昨天夜里可不是这样。只有娘儿俩的除夕夜，怎么也热闹不起来，甚至比平时更冷清。吃过炒鸡儿之后，就无事可做了。本来要守岁的，可夜漫长得无边无际，于是娘儿俩就睡了。十二点整时，鞭炮声此起彼伏，偶尔有几束烟花划过夜空，最后华丽地落进雨娃大睁着的眼仁里。

不过很快，一切都寂了。

炕好像比平日里更烫，烙得雨娃辗转反侧，怎么都睡不着。他一直沉浸在等待的煎熬中，可又不知道具体等待的是什么，这让他有些失落，也有些恼怒。除此之外，许多淹没进记忆之河中的事，都翻腾了出来。一些平日里根本想不起来、连他自以为都遗忘了的小事，也冒了出来。他忽而想笑，忽而想哭，最后终于迷迷瞪瞪地睡着了。

除夕夜也就这样过去了。

日头爬上院门时，已经有人陆续经过，开始出行了。雨娃洗完头，穿好西装，端好盘子准备出门了。站在院门前，雨娃有些磨蹭。他本想美美地给别人显摆一下他的新衣服，可这时却像做了亏心事一般犹豫不决。终于，他下定决心出门了。

按旧俗，今年的喜神在东南方。雨娃随着村里人往东南角走去。一路上，他不敢看人，心跳得很厉害，像新嫁来的媳妇一样羞涩。渐渐地，他发现很少有人注意到他的新衣服。这样一来，雨娃就坦然了很多，不过也微微有些失落。

出行的地方，在一处空旷的田地上。人们把麦秸堆在一起，燃起了大火。三爷爷正在火前念念有词，说的都是些"风调雨顺"之类的吉利话。以往都是大爷爷敬神的，这一阵身体不舒服，没来出行，就换成了三爷爷。大家发现三爷爷的嘴皮子竟然更利索，吉利词儿也更多。

"唉，这世上离了谁都成，日子总得过。"

雨娃默默地想。

07

回到家，妈妈已经等得不耐烦了，催促着要带他出门。娘儿俩收拾好门窗，提着两只沉甸甸的鸡出发了。路上，雨娃才知道姑爹传来话，说姑姑怀上娃了，请娘儿俩去吃饭。妈妈说，老天爷有眼。她也想去看看雨娃的姑姑，否则，是不会初一日就上亲戚家的。娘儿俩边聊边走，很快就到姑姑家的村上了。雨娃略微有些意外，平日里觉得这段路好长，今天竟这般不耐走。

一进姑姑家，就闻到了又香又呛的油烟味。听到院门响，姑爹从厨房里探出了头，看到是雨娃娘儿俩，忙出来招呼：

"快进屋！快进屋！"

姑姑胖了，她盖着被子，半躺在炕上。看见娘儿俩进来，她眼睛一下子亮了：

"今天冷得很！快上炕！你看看，小猴儿都冻成啥了？呀！这套小西装可真好看，还是咱家雨娃俊。"

好久没见姑姑，现在知道她怀娃了，雨娃竟有些害羞，扭捏着不上炕。姑爹端来一盆麻花，姑姑说：

"知道猴儿爱吃这个，你姑爹专门炸的。"

雨娃回头看姑爹，这个乡下男人搓着手，望着他笑。这是雨娃第一次见姑爹笑，他笑起来竟然和爹有点像。

姑姑又对姑爹说：

"你去吧，多炒几个菜。我们好好喧一喧。"

姑爹摸摸雨娃的头，然后出去了。

妈妈上了炕，望着姑姑，俩人会心地笑了。

雨娃贪婪地吃着麻花，这麻花真好吃，又脆又香，肯定放了不少鸡蛋。

姑姑问雨娃:

"听说你特别喜欢看花灯?"

雨娃点点头。

姑姑摸着雨娃的头又问:

"今年正月十五,我们一起进城看花灯好不好?"

雨娃惊喜地点点头。

吃饱后,雨娃有些困,可能是被冻乏了吧。他洗了手,脱去外衣,也爬上了炕。

炕上真暖和,雨娃彻底放松了自己,很快就睡着了。他又做了一个梦,梦见爹爹拉着他的手走在田野里。岔路口的那棵老杨树又发芽了,叶子绿绿的,嫩极了。瓜娃爬在树枝上,露出肉肉的肚子,正朝他笑呢。

第八章

河湾里的沙枣树

01

大年初二,雨娃和妈提着鸡蛋奶粉,去给大爷爷拜年。

大爷爷身体不适,已经有一阵子了,那场惊心动魄的大雪后,他就再也没有睡过一个囫囵觉。

天一黑,大爷爷呼吸就开始费力,感觉胸腔里塞着块破抹布。头几日,还能勉强入睡。后来,一躺下就憋得慌,只能坐起身来。一坐就是一夜。坐得实在无聊了,就抽上一烟锅。可这嘴一沾烟锅,便咳嗽个没完,简直能把肺吐出来。大爷爷只好把烟锅换成香烟,这才好了一些。看着烟头明明灭灭,大奶奶心事重重,可不敢讲出来。她叹口气,看向窗外漆黑的夜。大爷爷看到老伴眉头紧锁,于是宽慰道:

"老婆子,你唉声叹气做什么?吃五谷生百病,再正常不过。"

大奶奶瞪了一眼:

"悄悄吧!你少抽上些,比什么都强。"

大爷爷不以为然:

"人活一世，就这么点趣味。没有了，还活个啥意思？"

这话，大奶奶听了至少上千遍，耳朵里都磨出茧子了。她想狠狠骂一顿，可大爷爷现在这个样子，又不忍心。她心里盘算着，明日怎么也得再请大夫来一趟。

大爷爷看大奶奶不说话，以为说服了她。又开始口若悬河：

"想当年，多少次九死一生，我不是都挺过来了吗？怕什么？老天爷对我不薄，都活到这个岁数了，很多人怕是连骨头都找不到喽。"

大奶奶不爱听这些，干脆转个身，留给大爷爷一个脊背。大爷爷知趣地闭上了嘴。一起生活了几十年，彼此的脾性早都摸透了。

次日一早，大奶奶让双城去大队里请大夫。大夫又是号脉，又是听诊，检查得可仔细了。检查罢，大夫把双城叫到一边，说进城去看看吧，他不好判断。

大爷爷坚决不进城，大奶奶破口大骂：

"我迁就了你一辈子，唯独这件事上不行。"

大爷爷不再吭声。

双城雇了辆面包车，带着老两口和月儿进了城。

那时候，雨娃望着面包车消失在路的尽头，心里空落落的。他问妈：

"妈，大爷爷得了什么病？大队里的大夫还治不好？"

妈妈安慰道：

"城里的医院更厉害，什么仪器都有。朝着肚子一照，啥病都看得清清楚楚。"

大爷爷强悍了一辈子，最怕进医院。不管有病没病，看见医院就心虚。自从进了医院大门，他就浑身都不自在，忽而渴，忽而饿，忽而想上厕所，气得大奶奶直跺脚。

大夫建议住院检查，估计得好几天。双城想让月儿带大奶奶先回来，他一人守着就成。可大奶奶不愿意，她有种不好的预感，无论如何，她得守着老头子。

一周后，所有的检查结果都出来了。双城拿到检查报告后，没有回病房，而是去天台上抽了整整一包烟。冬季的城市，也被一片灰雾笼罩着，人们匆匆走过，谁也不愿意停留。

双城决定再进省城。大奶奶的脸唰地白了，双城赶紧解释，说是省城的仪器好，这里查不清楚。一时间，病房里一片沉默，无人说话。月儿出了病房，泪水将心淹没了。

大爷爷坚决不去省城，他给双城说：

"娃子，饶了我吧。别折腾了，叫我自在些，活上几天算几天。你的爷爷就是这个病，我心里有数！"

大奶奶又追着大夫问了好几遍，每次问完都面如死灰。大夫的话像钢针一样攮着她的心："奶奶，听我句劝！回家好好孝顺上几天，儿女们的钱挣得也不容易，别打水漂了。"

大奶奶不再坚持进省城。于是一家人坐着面包车，又回来了。

雨娃兴奋地问妈妈：

"大爷爷回来了！他的病治好了吗？"

妈妈也不确定，她取了些钱，对雨娃说：

"我们去看看大爷爷吧！"

娘俩买了些营养品，去看大爷爷。大爷爷一见雨娃，眼睛笑成了圈圈：

"嘿！雨娃子来了，我最稀罕雨娃子了。"

雨娃妈没有问大爷爷的病情，大奶奶也没有说，但雨娃妈从大奶奶勉强的笑里，知道了一切。看着雨娃兴高采烈的样子，妈妈暗暗叹气。

大爷爷问雨娃：

"开春还想放羊吗？"

雨娃点点头。

大爷爷笑着说：

"刘家沟的吴老四，有我的一对羊羔子。我让你双城叔去要，要回来了就送给你养，好不好？"

雨娃吃了一惊，确认道：

"是送给我养吗？"

大爷爷敲敲雨娃的小脑门：

"爷爷骗过你吗？不过，你得答应我一件事。"

雨娃欣喜若狂：

"没问题。大爷爷你说！"

大爷爷怜惜地看着雨娃：

"这阵子你得多陪陪爷爷，爷爷有很多故事给你讲。"

雨娃看看妈妈，妈妈点了点头。

"行！没问题！"

02

大爷爷稀罕雨娃，只要他去了，屋里就活泛些。月儿对雨娃妈说：

"嫂子，雨娃闲了就来玩，屋里人总是愁眉苦脸，我怕爹爹心里难受。"

雨娃妈点点头，月儿又说：

"也可以带上作业，总得写，雨娃有不会的，还可以问问我。"

雨娃妈又点点头。

这不，刚到大年初二，就来了。

雨娃才进院子，月儿见了，赶忙走过来打招呼。

雨娃进了门，看见大爷爷躺在炕上，他跪下就磕头：

"大爷爷，给您拜年了。祝您福如东海，寿比南山……"

雨娃把自己知道的好词，一股脑儿说了个尽。

大爷爷笑出了一连串的咳嗽，赶紧让娘俩坐到沙发上。大奶奶端着两碗清汤牛肉进了门：

"瞧瞧！这娃子真叫人稀罕。"

雨娃望了望清汤牛肉，又望了望妈妈。妈妈笑着点了下头，雨娃便拿起筷子，趴在了碗上。他先是吹吹，然后喝了一口汤，这清香的热汤，顺着喉咙，流到了五脏六腑里，简直太舒坦了。雨娃想，过年太好了。

雨娃刚吃完，大爷爷便递过来一串麻绳串好的核桃。

这是习俗。

雨娃爹还活着的时候，年三十晚上他会捧来许多核桃。然后蹲在火炉旁烧铁棍。当铁棍烧得通红时，爹就拿它在核桃上烫穿一个孔。等烫穿六个或八个核桃后，就用麻绳把它们穿起来，再在麻绳上拴几个铜钱，做成一串大"项链"。

过年那几天，雨娃会戴着这串"项链"去收福钱。亲戚们都会把福钱折成长条，然后拴在麻绳上。不久后，麻绳上拴了很多福钱。雨娃便雄赳赳气昂昂走出门外，去和瓜娃比谁的福钱多。

大爷爷已经在麻绳上拴了福钱，他笑着说：

"雨娃子以后发大财啊，叫你妈天天给你做清汤牛肉。"

雨娃又惊又喜，没想到爹不在后，竟还有人给他烫核桃。他闻着核桃里散发出来的焦味，心里满足极了。

"行！大爷爷，我妈做了清汤牛肉，我也天天给你端。"

屋里一阵笑声。

03

过年这几日，雨娃没事就往大爷爷家跑。他一边听大爷爷讲故事，一边等那两只小羊羔。

怪得很，大爷爷家开始接连不断地来客人，有村里人，也有外村人。大家提着豆奶、米糊、牛奶、鸡蛋等等，来看大爷爷。大爷爷一边笑着说，"来就来么，还提什么东西"，一边请客人沙发上坐。有人待的时间短，坐个十几分钟就走了。也有人待的时间长，能和大爷爷聊大半天，说的都是过去的事情。

回家后，雨娃问妈妈，为什么会来这么多人？妈妈告诉雨娃，都是来和大爷爷告别的，大爷爷为人好，帮助过不少人，别人都记着呢。雨娃又问，为什么要告别？妈妈看着窗外说，你以后就知道了。

雨娃仍然每日去大爷爷家，看大爷爷与不同的人喧谎，讲不同的故事。大爷爷不能抽烟锅了，只好将烟锅拿在手里来回抚摸。后来，从远乡里来了一位老猎人，他一见大爷爷就哈哈大笑，笑罢又说：

"你也有今天！"

看得出大爷爷很高兴，他甚至陪着老猎人喝了两盅酒，老猎人临走时，大爷爷将他的黑鹰膀子做的烟锅送给了他：

"嗯，给你！惦记了几十年，这回得逞了吧！"

老猎人看着烟锅两眼放光，随后眼眶就红了：

"算你有良心。你先走一步，我再苟活些时日。等时辰到了，我就去找你。"

人来人往中，大爷爷日渐消瘦，说起话来有气无力。在众人的脸色和言语中，雨娃隐约明白了些事：大爷爷日子不多了。刚开始，他很难过，想从大爷爷脸上寻找某种答案。可大爷爷的脸上没有任何悲伤，甚至连一丝愁容都没有，反而比以往更从容，比以往更豁达，比以往更自在。

雨娃甚至觉得大爷爷在期待那一日的到来。仿佛那一日，对大爷爷来说，是个极重要的节日。

双城将一对小羊羔带回来时，大爷爷已经不能起身了。他对雨娃招招手，雨娃将耳朵凑到大爷爷嘴边，大爷爷悄悄说了几句话。

一对小羊可爱极了，睁着水汪汪的大眼睛，好奇地望着雨娃，发出奶声奶气的咩咩声。雨娃小心翼翼地将小羊羔抱回了家，在他睡觉的炕边，给小羊垫了窝。夜里，和小羊玩够了，他才恋恋不舍地钻进被窝。然后一遍又一遍想着大爷爷说的话。

大爷爷开始陷入昏迷，醒来后就和人喧谎。仔细一听，说的尽是几十年前的事，可是屋里一个人也没有。后来，有人问大爷爷：

"和你喧谎的都有谁啊？"

大爷爷说出的名字里，没有一个活人。大家非常惊愕，都明白大爷爷的日子近了，该准备后事了。

大爷爷总算熬着过了一个团圆年，临走前他忽然说：

"啊呀！今天是啥日子？屋里来了这么多亲戚。"

可屋里，只有大奶奶一个人。

说罢，大爷爷扯起了鼾声，一会儿鼾声止了，他也走了。大奶奶没有哭，她一脸失落：

"老家伙，还是你福气好！走到前头了。"

双城和月儿，边哭边朝着大爷爷磕头。雨娃也跪在旁边磕头，磕得咚咚直响。雨娃妈让雨娃也戴了孝，她说大爷爷待雨娃就像亲孙子，无论如何雨娃得戴这个孝。

04

大爷爷的丧事非常热闹，他一辈子活下了不少人，院子里挂满了花圈，还有几个花花绿绿的纸人。人们抖去严冬的寒意，都开心地笑着。

大爷爷七十九岁，寿终正寝，是喜事。

也正如大爷爷期待的那样，这一天，是他的节日。

以前，雨娃爹发丧时，天地如沼泽，雨娃深陷其中，昏沉而绝望。现在，大爷爷发丧，雨娃仍披麻戴孝，但感觉不一样了。他的心里有了根，他的眼里有了光。他不再卑微地躲避别人的目光。

爹刚死时，雨娃还蒙着呢，像冻麻的脚上扎了根刺一样。此后的无数个夜里，悲伤才像洪水一样，淹没了他。他辛苦地做着一个没有爹的孩子。正是大爷爷帮他度过了那段最艰难的日子。

雨娃戴着孝帽子，跪在最后一动不动。大奶奶看见瘦小的雨娃就那么端端地跪着，既感动又心疼。她把雨娃拽进屋里，塞给他一个鸡腿：

"娃蛋子，吃吧。爷爷就过这么一回事情，你放心吃。"

雨娃细嚼慢咽地吃着，生怕一不小心鸡腿就吃完了。可是鸡腿还是没有雨娃认为的那样耐吃。他吮着手指，脑海中浮现出大爷爷的笑脸，泪水模糊了视线。

大爷爷埋在了河湾里的沙枣树旁，那是他早已选好的地方。人们扬起了一锹锹黄土，一个人就彻底成了历史。

雨娃望着坟头，想起了大爷爷最后那段日子里的笑。大爷爷不急不缓，收拾妥当，从容自在地走了，就像是去见一位早已约好的故友。雨娃又想起了大爷爷第一次带他放羊时的情景，那时大爷爷指着这棵沙枣树说："雨娃子，等以后爷爷死了，就埋在那棵沙枣树旁边，你可记得来给爷爷上坟。"

05

大爷爷刚入土的那段日子，雨娃常牵着小羊去河湾里看他。大爷爷是个热心肠，忙碌了一辈子，现在一个人静悄悄地躺着，雨娃怕他孤单。

人们都说坟地里煞气大，可雨娃不怕。有他爹和大爷爷在，别的什么"煞气"，肯定靠近不了他。天气逐渐暖和了，雨娃躺在一处斜坡下，听着小羊咩咩的叫声，想起了大爷爷说过的那些话，以前听得模棱两可，现在隐约有些懂了。

经了大爷爷的丧事后，雨娃突然不怕"死"了。

他不由自主地想，如果能像大爷爷这样活一辈子，然后这样死去，倒也没什么可怕的。很可惜，爹就没有这样的福气。不过，如果有下辈子呢？说不定他也能活成大爷爷这样。雨娃一想到爹脸上长出白胡子，就觉得有点好笑。

"爹，放心吧！我长大了，能照顾好妈！"

河湾里很安静，地上冒出了许多嫩绿的小草，远远望去，欣欣然一片。风也轻轻地摇着沙枣树，好似在低声耳语。

雨娃抬头看着天，那里的云正在缓慢地聚散。

—— 2015 年 8 月 31 日　初稿
—— 2019 年 2 月 19 日　二稿
—— 2023 年 4 月 20 日　三稿

后记

01

《雨娃》完稿时，冬末春初，亦如书中的时节。

我在乡村生活的时间并不长，懂事前，就已经离开了那里。但每每提及"故乡"一词，我想到的并不是生活了近二十年的凉州城，而是那个小小的名叫"陈儿"的村庄。

近些年，身处外地，回村的次数并不多。但每次回去，总让人唏嘘。相比于城市，乡村的变化无非是新铺了路，或是少了些树……但内心却翻腾起巨浪，虽无声却汹涌。熟悉的老人，难见一位；曾经的叔伯，老得触目惊心；还有那些娃娃，被西北风吹皴的脸上，全是好奇与陌生……

我虽是个念旧的人，但也明白世事变迁的道理。这村庄在时间的汪洋中，终究会如一叶扁舟，消失在人们记忆的尽头。但我还是想留下点什么，不为其他，仅为了保留自己对这片土地的眷恋，还有对往事的怀念。

仅此而已。

于是，有了《雨娃》这篇小说，有了这个关于西北孩子的故事。其实"雨娃"的故事，藏在我身体里很久了，只是自己不知道而已。动笔之前，我甚至没有构思情节，没有设计人物。什么都没有做。

我记得那是一个秋日的黄昏，我们刚从温润的岭南回到凉州。打开房门，浅黄清淡的夕阳铺了一地，清晰地衬出了一层厚厚的灰尘。风尘仆仆的我，突然陷入了一种情绪，说不清楚是什么，就想写点东西。于是我打开电脑，在满屋的灰尘中，敲出了《雨娃》的开头……

这不是个惊奇的故事，更不荡气回肠。仅是一个西部孩子的孤独呓语，所以初稿中，出现了大量的心理描写。后来，编辑老师与我沟通，希望能补充一些情节，增加可读性，再添上一些地域特色。

于是在写完这个故事数年后，我又进行了扩充。那时正值2019年春节，我们全家都在岭南。这是我记忆中过得最忙碌的年，每天睁开眼就开始改稿，一直改到正月十五，总算完成了。小说字数并不多，但进度很慢。因为我需要回到那段岁月，去寻找当时的气息。这无疑是困难的，二十多年的时光，隔着数千个日夜，本质上如同梦境。我一头扎入记忆的浓雾里，仔细寻找，终于发现了一些残留的碎片。若是实在恍惚，就去母亲那里求证，倒也是不错的办法。

我长舒一口气。且不论写得好坏，我总算对自己经历过的那段岁月，有了一个小小的交代。关于乡村，关于往事，关于那些卑微与真实，我留下了我的印记。虽然这些印记是浅淡的，如同玻璃上的霜花。

02

当然，还有一个情结。父亲是写乡土小说成名的，我一直想写点关于乡土的文字。尽管我可能无法写出父亲那样的作品，但我可以表达我的敬意与向往。这份敬意与向往，将一直流淌在我的血液里，伴随我一生。

我的童年很幸福，但《雨娃》中的主要人物与情节皆有原型，那些事真真切切地在我身边发生了，其中一些，我甚至是亲历者。

我尽力描述那片土地、那段岁月、那些人留在我心上的印记。

孩子的心原本简单、纯净、稚嫩，未被时光消磨，也未被世俗污染。但总会经历一些人和事，总会在别人生、老、病、死的间隙里，无意间品尝出另一种滋味。虽然难以理解，但那些场景、感受、印象，汇聚在一起，使一个孩子获得了最独特的人生体验。

这也许是成长最重要的一部分。

童年的印记，模糊却又深入骨髓。

这些事情并没有终止于若干年前的某个时刻，而是一直在发酵，随着心灵的成长，逐渐成为另一种体悟。它就像一颗种子，悄无声息地在过往的岁月中成长为参天大树，等待着人们某一日的回眸。

"雨娃"的故事藏在我身体里很久了，正是这个原因。当我回忆起童年时，发现他孤零零地站在远处望着我。我甚至看到了他的模样：穿着破旧的青色布鞋，宽大的裤腿晃荡在半空中，露出纤细的脚踝。格子上衣洗得发白，细长的脖颈支撑着一张怯怯的小脸，轻抿着薄薄的嘴唇。尤其是他的眼睛，懂事得让人心疼……他一直藏在我心中最隐秘的角落，沉默不语，连我自己都不知道。直到那个黄昏，在浅黄的夕阳中缓缓出现。我开始顺着一串串模糊的脚印，寻觅那些埋在尘埃里的往事。

他既是我，又不是我。我从他身上看到了自己儿时的经历与心境，可又不止于此……于是，我想说说他的故事。

03

数年前,回村一次,陪奶奶坐在院门口闲聊。那时天气真好,风摇着叶子,狗在树荫下酣睡。我享受着这闲散与寂静,自在极了。说话的间隙,我拿着一根小棍,低头逗蚂蚁。城里不常见蚂蚁,此时它是我的稀罕物。正玩得开心,眼前忽然冒出了一双宽大的布鞋,一抬头,是一张千沟万壑的脸。他笑着对我说,墙头高的小伙子了,还玩蚂蚁呢?我也笑笑,让出了凳子。

这张脸,我认识,只是没想到老成了这样。按辈分,我应该叫他"佬佬",这是凉州方言里"叔叔"的意思。这位佬佬是老师,在村里算是文化人,我小时候常去他家。他有一儿一女,略大我几岁,印象中都不爱说话,学习很好。佬佬怀里还抱着个娃娃,刚满岁的样子。我要过来抱抱,倒也不闹,黑豆豆似的眼睛紧盯着我,有股子农村孩子特有的憨厚劲。

闲聊了一会儿,娃娃开始闹瞌睡,佬佬哄不住只好走了。佬佬走后,奶奶长叹了一口气。我才知道了关于这个娃娃的故事。他的爸爸是建筑工人,累极了,睡在了不该睡的地方,谁知意外发生了。

我失去了逗蚂蚁的兴趣，望着天尽头的云，一句话也不想说。

时间会抹平一切，更不用说是过路人的感慨。若不是那个黄昏，那股莫名的情绪，我还会不会记起他？我不知道。他多大了？母亲是否改嫁？是否开始追问关于父亲的事？

忽然，我动了念头，想写一篇与此有关的小说。顺便写一写那些差点被我遗忘的事。很多事，本以为忘记了，此刻想来，竟分外清晰。原来关于这些，只是没有想起来，却从未忘记。

雨娃父亲的丧事，源于我的真实体验。五岁那年，二叔因病去世，留下了不满三岁的女儿和刚满月的儿子。我同雨娃一样，站在院子里，听着女人们撕心裂肺的号叫，看着办丧事的人们，然后陷入泥潭般的深夜，无法自拔。直至今日，那时的场景仍历历在目。

农村的丧事，一家办事，全村围观。女人们哭，孩子们玩，男人们忙，道人们吹……乱中有序，恍若一场盛大的聚会。人们酒足饭饱之后，挖一个深坑，扬几锹黄土，逝者的这辈子，就算过去了。

无数人就这样化为了尘埃，飘啊飘，遗失在岁月的尽头。

我想把其中的一些写下来，用我单薄的文字，纪念他们短暂的生命。

当然，还有无数孩子，像雨娃一样倔强地长大。他们像蒲公英的种子，乘着命运的狂风，撒在不同的土地上。他们也许曾遭遇过坎坷，但终究会在阳光中开出自己的生命之花。

无论是孩子，还是成人，苦难与死亡，都算是必修课。生、老、病、死让这世间充满了变故。这些都是不可避免的。有些我们能掌控，有些则必须学会接受，接受命运的一切安排。不敬畏苦难与死亡，或是沉溺于苦难与死亡，都是不行的。相比于苦难本身，苦难所造成的心灵痛苦，是更持久更深入的。

像故事中的雨娃，他爹的丧事，不过两三日。可这心灵的伤疤，需要一生去缝合，却也不见得能痊愈。除了对父亲的思念外，还有对死亡的恐惧。我小时候，曾经历过几次死亡，对死亡的恐惧曾长久地折磨过我。

于是我想写一个故事，告诉孩子们，坎坷与苦难固然可怕，但可以战胜它，或是超越它。首先要做的，就是正视它，并接受它。不要有意忽视，也不要刻意回避。苦难并非毫无价值，它像铁锤一样，锤打着我们的人生，锻造出更坚毅的心魄。

历史上，曾有很多人遭遇过命运的不公，譬如司马迁，他就在磨难的泥塘中，开出了绝美的莲花，那面对苦难时的坚强与风度，鼓舞了无数人。

一个人的强大，不仅体现在做事的能力上，更体现在面对苦难时的态度上。若是不惧苦难，坦然接受，并努力改变，肯定会有更好的结果。

像雨娃，他并没有因为父亲的离世而自暴自弃，也没有沉溺于痛苦无法自拔。他虽柔弱，却努力生活、学习，受人帮助并尽力助人。最终肯定会成长起来，实现自己的梦想。

希望孩子们，都有雨娃身上的善良与坚毅。

04

朋友波波说，读到雨娃爹死时没哭，读到瓜娃走失时也没有哭，但读到大爷爷死时，他泪如雨下。波波虽长着一脸络腮胡子，活像猛张飞，但归根结底终究是岭南汉子，心思细腻，情感柔软。虽隔着三千公里，想必他能理解雨娃的心境。

大西北的孩子，有爷爷和没有爷爷，是截然不同的。活到爷爷这个岁数，该明白的都明白了，该经历的都经历了。对孙辈，除了疼爱，别无他求。

我想起了我的爷爷。我是幸运的，他陪我度过了整个童年，去世时，我已年近二十。爷爷个子高，一双手尤其大，单手能稳稳地抓住篮球。早年时，他是村里的车夫，揣着一条皮鞭走南闯北。自我懂事起，就不再外出。爷爷给我讲了许多他小时候的经历。2007年的初夏，爷爷毫无征兆地在睡梦中溘然而逝。他是有福之人，享受完儿孙之乐后，寿终正寝。

但不是每位老人，都能安度晚年，小说中双银的瞎爷爷，就被坍塌的猪圈活埋了。这并不是我凭空杜撰的事。

老人们本是乡村的灵魂，他们看着一棵棵树苗逐渐参天，陪着无数的牲畜老去，收割了一茬又一茬的庄稼。在漫长岁月中，看尽世事，将祖辈的经验与记忆传递。他们需要的，并不是一场隆重的丧事，而是生命最后的温情。

毕竟，每个人终将老去。

也许有一天，被善待的老人们不再感叹世事无常，都能坦然地老去，像一位登上山顶的旅人，俯瞰万千沟壑，随后潇洒地转身，隐入时光的雾霭里。

如同大爷爷那般。

我眼前又出现了一根卷烟，猩红的点，忽明忽暗，烟雾缭绕，模糊了一张微笑的脸。

05

农村人兄弟多,总要分家。我两岁那年,爷爷和儿子们分了家。我父亲分得一间小屋和一间厨房。那是我们三口人最初的家。不过大部分时间,父亲并不在村里,他远在几十里外的一所学校教书,只有节假日才能骑自行车回来。于是种庄稼、养孩子等所有杂七杂八的事,全归了母亲。

我最初的记忆,就是从那时候开始的。母亲自初中起,便嗜读《红楼梦》。她尤其偏爱黛玉,喜欢黛玉冰清玉洁,有颗女儿心,不世俗。什么样的人喜欢读什么样的书,《红楼梦》正好契合了她的性情。同黛玉一样,她的世界也干净极了,除了父亲与我,再无其他。平日里,她既不串门,也不与人交往,在村子里显得格格不入。

现在想来,那段日子母亲过得并不容易,一个人既要承担大量的农活,还要拾掇家务,照顾孩子。春天她背着我去播种,夏天又背着我去收割。母亲怀我时,营养不够。她说我刚生下时,甚至能睡到父亲的鞋中。稍微大些后,我身体仍是弱。村里人说我是"白肋巴",娇气得很,一晒太阳就哭。母亲只好把我放在树荫下,一只眼瞅着镰刀,一只眼盯着我。

母亲不怕农活重，不怕汗水咸，只怕深夜去浇地。渠里的水，没迟早，挨上什么时候就什么时候。如果错过了，会旱了庄稼。若是阴天，没有星月，夜里便伸手不见五指。破旧的老式手电筒，也不能完全照亮前方的路。稍一疏忽，便是一跤。某次母亲一脚踩空，滑入渠里，水都漫过了脖颈。渠里的水，刚从深井里抽出来，寒凉至极。她挣扎着仓皇爬出，只想赶快回家，生怕遇到熟人，狼狈又尴尬。类似的事，时常发生，她的小腿总是青紫一片。后来父亲知道了，每当夜里浇水，都会骑车赶回来。

若干年后，我一脚深一脚浅地走进了某个深夜。四周寂静得恍如深海，树影婆娑，犹如一只只异兽，远处还有孤突突的坟堆。迎着冰水般的寒风，我想起了母亲去浇地的那些夜，情形大致也是如此吧。

后来，我将这经历也写进了书中。

当然，最想念的人是父亲。他每次回家，总不会空着手。或是几本童书，或是几袋零食，或是些稀奇的玩具。这些东西，在当时的农村非常稀罕，它们带给我巨大的幸福感，我都快要晕厥了。

唯有一次，父亲囊中羞涩，连几角钱的零食都买不起。我站在门外，久久不肯进去。母亲以为我是闹情绪，其实是我无法面对父亲的窘迫。比起没有玩具的失落，我更怕这个。父亲在孩子眼中，是天神一样的人物，他的任何无奈，对于我来说都是巨大的恐慌。

大家都说我懂事早，其实孩子的心天生敏感。也许不一定知道缘由，但生活的悲喜，总会在心上反射出倒影。

最难忘的，是两岁那年的元宵节。父亲带我与母亲进了城。那时的凉州城热闹极了，四处挂着花灯，七色的彩光闪烁迷离。整个夜，我都陷入了浓浓的梦幻中，无法自拔。初见城市的新奇与这些霓虹光影，深深地使我陶醉。

那时正流行照相，我们一家也站在广场上拍了一张，将那个夜晚与当时的我们，保留了下来。

我还记得，那一夜的尽头，父母牵着我的手，走在一条空旷的马路上。我抬起头，看着夜空中不断后退的路灯，心想如果我们也能住在这里，该多好啊！

一年半后，父亲调入市教委，我们搬进了他的宿舍，正式告别了乡村的生活。

后来的生活逐渐改善。

1997 年，我们搬进了楼房，终于有了属于自己的家。

2013 年，家里添了一个可爱的女孩，我也成了父亲。

2022 年，我又有了一个女儿，小名叫"海螺"。

如今，我们离家数千公里，在他乡住着别人的房子，听着陌生的口音，写着关于故乡的文字。我们看似漂泊，其实一直都安稳如初，如同我记忆中最初的岁月。

06

两年前，父亲决定将老家隔壁废弃的小学，改建为书院。他想以这种形式回归，为家乡做点事。

于是我们一家人又回到了村里，同行的还有许多对凉州文化感兴趣的朋友。

这所学校修建得早，父亲曾在这儿上过学，我小时候也上过几天课。那时候，整天都能听到琅琅的读书声。几年前，学生越来越少，最后学校关闭。曾经明亮的教室，如今无人来坐。曾经宽敞的操场，如今无人来用。我抚着满是灰尘的窗台，心里默想：这就是雨娃上过的那所学校啊！

朋友们想看看我家的老宅子，我便带他们去瞧。

我们的老宅，嵌在学校的一角。

这宅子不过三十年，竟是真的老了。

那曾经的岁月，该在何处安放呢？

宅子除了老，模样大致没变，只是少了些味道。原来有狗有鸡，有羊有牛。每到日暮时分，鸡飞狗跳，牛羊进圈，热闹极了。如今，空留一墙夕阳，独自伤怀。

揭开门帘，进了小屋。屋里的陈设同三十年前一样，几乎没变。一炕一柜一桌，就是全部的家当。因为久不住人，炕塌了，柜子也瘸了。说来很怪，住人的那几间屋里，一切如常。不住人的屋里，家私倒烂了。难道是因为等待的时光太难熬，加速损耗了它们的光阴？我曾奢望，借这些老物件，尽量地锁住过往，可它们竟老得比我快，转眼就到了垂暮之年。

我轻触它们，表达我的歉意。它们倒也不计较，悄悄地说：你看看，这么多年过去了，你长成大小伙子了，我们都老得不像样子了。

小时候以为永恒的那些东西，竟如此经不起折腾。

我指着土炕对女儿说，爸爸就是这里出生的。

女儿觉得新奇，上了炕不愿意下来。她好奇这里的一切，可又不知道过往的岁月里曾经发生过什么。我发现有些事，终究无法分享，语言太苍白。无论我怎么描述，她都闻不到大冬天里麦秸烧炕的味道，都感觉不到盛夏之夜脱麦子时，粮食砸在皮肤上时的冰凉，还有小鸡仔刚孵出后的暖意，鸽哨划过天空时的声音……

我既有些得意，又觉得遗憾。这些本是我个人珍藏的事，想讲出来又怕词不达意。算了，不是所有事都能分享，有些事只适合藏在心里。

即将离开时，我又一次环顾。不知下次归来时，是何种景象。

不久之后，这老宅子就会重建。它的使命已经完成，怕是经不起几场雨了。到那时，那些曾经的时光，是不是就踪迹难寻了？

倒也没关系，那不过是另一个故事罢了。

图书在版编目（CIP）数据

雨娃 / 陈亦新著. -- 北京：台海出版社，2023.10
ISBN 978-7-5168-3631-6

Ⅰ. ①雨… Ⅱ. ①陈… Ⅲ. ①中篇小说－中国－当代 Ⅳ. ①I247.5

中国国家版本馆CIP数据核字（2023）第159863号

雨娃

著　　　者：陈亦新	
出 版 人：蔡　旭	执行编辑：葛万军
责任编辑：王慧敏	封面设计：冯兆波
营销编辑：刘一凡	排版制作：方　芷
技术编辑：周楷峰	产品监制：蒋毅华　陈波

出版发行：台海出版社	
地　　址：北京市东城区景山东街20号	邮政编码：100009
电　　话：010-64041652（发行，邮购）	
传　　真：010-84045799（总编室）	
网　　址：www.taimeng.org.cn/thcbs/default.htm	
E - m a i l：thcbs@126.com	

经　　销：全国各地新华书店
印　　刷：北京盛通印刷股份有限公司
本书如有破损、缺页、装订错误，请与本社联系调换

开　　本：787毫米×1092毫米	1/32
字　　数：120千字	印　　张：5.5
版　　次：2023年10月第1版	印　　次：2023年10月第1次印刷
书　　号：ISBN 978-7-5168-3631-6	

定　　价：39.00元

版权所有　　翻印必究